欢迎来到实力至上主义的教室 ⑨

神室真澄
一年A班，听命
于坂柳。

桥本正义
一年A班的坂柳
派，看似游手好
闲，实则深藏不
露。

葛城康平

一年 A 班，曾经对 A 班具有
极大影响力，因龙园失势。

恋爱就是因为没有确定性所以才有趣不是吗？

你在说什么啊……你觉得我在这种情况下会同意？

桥本表示自己现在提出来也为时不晚。

那就说明你还没告诉他，对吧？

虽然不知道你新的暗恋对象是谁，既然你还没给他巧克力，

我很早之前就对你有好感，和我交往吧，轻井泽？

等一下，你要干什么？

我现在要向大家坦白一件
我隐瞒至今的事情。

一之濑站在讲台上，向着B班全体学生低头致歉。

「道……道什么歉啊，一之濑你完全没有必要道歉！」

欢迎来到实力至上主义的教室 ⑨

contents

欢迎来到实力至上主义的教室

〔日〕**衣笠彰梧** 著
〔日〕**知世俊作** 绘
新鲜 译

人民文学出版社
PEOPLE'S LITERATURE PUBLISHING HOUSE

著作权合同登记：图字 01-2019-4311 号

YOUKOSO JITSURYOKUSHIJOUSHUGI NO KYOUSHITSU E Vol.9
© Syougo Kinugasa 2018
First published in Japan in 2018 by KADOKAWA CORPORATION，Tokyo.
Simplified Chinese translation rights arranged with KADOKAWA CORPORATION，
Tokyo through Timo Associates Inc.，Japan.

图书在版编目(CIP)数据

欢迎来到实力至上主义的教室.9/(日)衣笠彰梧
著；(日)知世俊作绘；新鲜译.—北京：人民文学
出版社，2021(2024.1 重印)
ISBN 978-7-02-015913-0

Ⅰ．①欢…　Ⅱ．①衣…　②知…　③新…　Ⅲ．①长篇小
说-日本-现代　Ⅳ．①I313.45

中国版本图书馆 CIP 数据核字(2019)第 299234 号

责任编辑　卜艳冰　王皎娇　何王慧
装帧设计　钱　珺

出版发行　人民文学出版社
社　　址　北京市朝内大街 166 号
邮政编码　100705

印　　制　上海盛通时代印刷有限公司
经　　销　全国新华书店等

字　　数　138 千字
开　　本　787 毫米×1092 毫米　1/32
印　　张　7.5
版　　次　2021 年 10 月北京第 1 版
印　　次　2024 年 1 月第 4 次印刷

书　　号　978-7-02-015913-0
定　　价　45.00 元

如有印装质量问题，请与本社图书销售中心调换。电话：010－65233595

一之濑帆波的独白

我不觉得自己是个善人，但也不是个恶人。
只是按照母亲的希望做着真实的自己。

小学和初中，我的生活一帆风顺。
男生和女生朋友都很多。
不太擅长运动，但和学习一样努力。
升入初中三年级，我成了梦寐以求的学生会会长。
也获得了作为特优生进入私立高中的资格。

快乐的学校生活。
我快乐的生活。

但是……我犯下了一个错误。
一个绝不会被允许、绝不应该犯的错误。

卧病在床的母亲，那时的怒颜，那时的眼泪。
受伤而紧闭心扉的妹妹那悲伤的表情。
我忘却不了。

时至今日，依旧会偶尔想起那时的情形。
颤抖的指尖。

战栗的身体。

被黑暗吞噬的心灵。

我浪费了初三一半的时间，在房间里躲了近半年。

但是有一天，那样的日子迎来了终结。

在知道这所学校的存在时，我意识到了自己必须给那样的日子画上句号。

也为了让笑容……再次回到母亲和妹妹的脸上。

所以我不能逃避自己的"过错"。

要正面应对。

我立下了这样的誓言。

可是……

在我满怀希望地入学后，遇到了一个考验。

看着那张纸，我全身都僵硬了。

周围的同学饶有趣味地看了过来。

我紧盯着那行字。

无论读多少遍，那行文字都没有发生变化。

一之濑帆波是犯罪嫌疑人。

1

很久以前，在这件事发生之前。

一名少女无比紧张。

休息日的学生会办公室。

"你是一年B班的一之濑帆波？"

"是的。"

声音从喉咙深处发出。

一之濑面对着学生会副会长南云，表情有些僵硬。

这是一对一的特别面谈。

"学生会会长和你说了什么？"

"说现在还不是时候……"

希望进入学生会的一之濑，在开学没多久就提出了申请。

但是堀北学生会会长在与她面谈后，拒绝了她。

这对强烈希望进入学生会的一之濑来说是个打击，学生会副会长南云在知道了这件事后，立刻唤了她前来。

理由有二个，其一是她和自己同属B班而非A班，其二是她的学力十分优秀，其三则是她满足了南云对异性外貌的高度要求。

但前两项不过是附加值。

重要的是她有没有作为私人物品被他带在身边、给他长脸的价值。

"听说你初中时就隶属学生会，而且还做过学生会会长？"

"是的，所以来到这所学校以后也想进入学生会。"

这是一之濑的心里话，同时也是谎言。

"我问过你的班主任星之宫老师了，你的入学成绩也是出类拔萃。"

"谢谢。"

一之濑坦率接受夸奖。

但是，她没能直视南云的眼睛。

"说实话，你是个相当优秀的人才。"

"可是……我没有获得堀北学生会会长的认可……"

一之濑露出苦笑，为这样的自己感到羞耻。

本以为自己可以进入学生会。

不过她还是在脸上留下了一丝笑容。

因为她知道，若自己摆出一副失落的表情，就不能给对方留下一个好印象。

"堀北学长是个严厉的人，恐怕是因为你不属于 A 班，才没有录取你，那个人颇为重视身份。"

"这……这样啊……"

这是南云撒的一个谎。

堀北看上去是一个重视身份和等级的人。

但事实正好与之相反，他看重的是人的内在。

不管是 D 班还是 A 班，只要足够优秀即是人才。

但在被淘汰的一之濑看来，南云的话更加可信。

"想进入学生会，必须升到 A 班吗？"

"怎么说呢，就算你立刻升到了 A 班，也不一定能得到堀北会长的认可，关键在于你刚入学时的身份并不佳，不管你从现在开始多么努力，堀北会长绝不会接受一个曾隶属 B 班的人进入学生会。"

听到这残酷的消息，一之濑脸上仅剩的笑容也开始融化。

"可……可是南云学长您来自 B 班对吧？那您是怎么成为副会长的？"

南云立刻粉碎掉她渺茫的希望。

"有两个原因，其一，招我进入学生会的，是堀北学长上任之前，即去年三年级的学生会会长。而且只有当时担任副会长的堀北学长，到最后都没有对我的入会持肯定态度。"

一之濑的脸上蒙上一层薄雾，而看到这一幕，南云的内心忍不住雀跃起来。

绝对要将一之濑纳入学生会，将她作为自己的私人物品好好"宠爱"。

"其二，我自认为潜力非同寻常，自信自己拥有应当被分到 A 班的能力。所以，我在申请加入学生会时，首先就坦白了自己所认为的被分入 B 班的原因，丝毫不加以掩饰。"

"坦白?"

"嗯，证明自己的实力绝不输于 A 班学生，这才成就了今天的我。"

"坦白原因……南云学长是因为什么被分入 B 班了呢?"

听到这句话，南云在心中窃笑。

"抱歉，我不打算回答你这个问题。现在面对这个问题的是你，一之濑。"

"我?"

"我倒不觉得你应该是现在这个样子，正常来说，将你分入 A 班才算恰当，成绩优异，交际能力也无可挑剔，还担任过学生会会长，却被分入了 B 班? 其中应该有什么理由。"

听到南云尖锐的指摘，一之濑难掩心中的动摇，但这不过是南云依据一之濑的班主任星之宫提供的信息推导出来的而已。

"把你想到的原因就在这里告诉我，若能够让我觉得你应当属于 A 班，我就承担起责任，招你进入学生会。"

"这……有可能吗?"

"堀北会长确实拥有绝对权利，但在他毕业以后，学生会又会怎样呢? 不招一年级学生进入学生会的话就培养不出将来的学生会成员，到时候受困扰的可是身为下届学生会会长的我，不是吗?"

"是啊……"

"不抓住这次机会的人可就没有资格进入学生会。"

一之濑有一个困扰她许久的秘密。

初三的一大半时间都在家中度过的那段记忆在她心中苏醒。

"现在在这里说出来吗?"

"我自然不会说出去，这是我们两个人之间的秘密。"

一之濑本想带着这段不曾和任何人提起的过去活下去。

但是，人必须向前看。

正因为失去了他人的信任，才必须信任他人。

"我……我……"

一之濑将自己的"过错"全都说了出来。

学生会会长的意图

集训结束，二月上旬学生们再次回到了高度育成高中。

一年 A 班的坂柳有栖正待在学生会办公室里。

她把爱戴的帽子放在桌上，对面是二年 A 班，学生会会长南云雅。

"学生会办公室变得相当华丽了呢，和以前不一样了。"

以前的学生会办公室说好听点是整洁，说难听点是寒酸。但现在连壁纸都焕然一新，里面放了许多南云的私人物品，和以前完全不同。这里与其说是学生会办公室，不如说是专为南云设计的房间。

学生会办公室是南云用来象征自己权力之大的地方，便是坂柳留下的印象。

"难道堀北学长邀你进入学生会了？"

坂柳和学生会没有什么瓜葛，对于她的到访，南云如此询问道。

"遗憾的是我好像并不合那位人物的意，因而未受到邀请。"

"那是他没有眼光。"

"意思是……您不会这么做，新任学生会会长？"

南云露出淡淡的笑容。

"我当然欢迎你来，不过要被我作为私人物品来操控。"

南云一边说，一边抚摸手边兔子毛绒玩具的头。这大概是南云喜欢的东西，或者是围在南云身边的女生喜欢的。

被当作私人物品来操控，也就是说南云并没有认可她的能力，仅认可她的外表。

她本可以将这话当作耳旁风，但坂柳故意抓住了他这句话。

"那如何才能得到南云学生会会长的认可呢？"

"只有向我展示了相应的实力才行，但等你进了学生会再谈这个也不迟，到我这里来吧，坂柳。"

"原来如此。"

坂柳接着说，脸上带着微笑。

"还是算了吧，一山不容二虎。更重要的是，我不忍心让学长丢了脸面。"

"二虎……"

从坂柳这句话里可以听出，她虽是一年级学生，但将自己摆在了和南云同等或更高的位置上。

听到这样的话，南云不仅不怒，表情甚至比之前还要轻松。

"你，还有龙园，今年可是有不少有趣的一年级学生。"

这所学校里，几乎没有学生将学生会当作敌人。要升到 A 班，多少都要和学生会打打交道，努力得到学生会的关注。但眼前的坂柳，还有龙园，无论对谁都虎视眈眈，毫不手软。

"不过这可不是什么聪明的生存方法哦。"

虽然也有人认可这种对周围的一切都抱有敌意的人，但南云不同。

即使放弃尊严，也要攀附权贵往上爬。他更欣赏这样的人。

这时，南云放置在桌子上的手机振动了一下，之后以较高频率振动了第二次、第三次。

"您不接吗？"

"现在这段时间是为你而准备的，别在意。"

"这也是红人的辛苦之处呢，接连不断地有人找。"

"既然你清楚这一点，那就言归正传吧。你不是为了进入学生会而来的话，让旁人都回避是要和我说什么？不好意思，之后还会有其他的'一年级学生'来找我，因为和人家有约在先，不能给你太长时间。"

"这样啊，那就让我简单明了地说一下。"

南云有意识地告诉坂柳是"一年级学生"，但从坂柳的脸上看不出任何表情的变化。

不过，这反而让南云觉得坂柳对此有兴趣。

"我这次来找南云学生会会长是有一个请求，关于一年B班、学生会成员一之濑帆波的，我接下来会对她发起攻势，到时候可能多少会起点风波。"

"之前就听你说过这件事，所以呢?"

南云催促坂柳继续往下说，之前南云和坂柳两人会面的时候就被告知了这件事，当然了，知道这件事的人极少。

"她是一年级里唯一的学生会成员，也就是未来的学生会会长候选人。"

"对，如果一年级里没有人再进入学生会，也没有出现足够优秀的新生，那么她的当选也是必然。"

"嗯，没错。"

所以，失去一之濑是学生会的损失，也是南云的损失。

"我是为了提前告知学生会会长这件事情，顺便为前几日的事情道谢而来的，最差的情况下，一之濑帆波同学可能要退学，请您务必宽恕我。"

坂柳对南云毫不畏惧，大胆宣言道。

"我可不记得允许过你'做到那一步'。"

南云脸上的笑容首次开始消失。

"是的，学生会会长说过我可以稍微欺负一之濑，但是，我接下来想做点程度更深的事情。"

"帆波是我要'宠爱'的私人物品，我只给了你削弱她能力的权利。"

"这我十分清楚，但超出预料的事情时有发生。"

南云用略微尖锐的目光盯着坂柳。

但可能也有人将这种目光理解为怒视。

坂柳不着痕迹地避开来自南云的视线：

"就算让她退学了……也没有关系吧？"

南云缓慢地移动放置在椅子扶手处的手肘。

"真是个大胆的女人，你不怕我吗？"

"我性格如此。"

"让我问你一个问题，你明明可以不取得我的许可直接行动，但为什么还要这样乖乖地来找我，是不想让我变成敌人吗？"

南云没有被她顺便为前几日的事情道谢之类的话骗到，直接询问坂柳。

"您怎么想都可以。"

"不要掩饰，我想听你真实的想法。"

南云的目的是试探坂柳的真心，不需要客套话。

"这所学校的学生会拥有的权力比我当初想的要多，要是为了帮一之濑，学生会……不，是南云学生会会长亲自出马的话，我也会很麻烦的。"

坂柳不希望南云给一之濑当后盾。

南云听到这一回答，满意地微笑，露出了洁白的牙齿。

坂柳的话有些委婉，但意思就是不希望和南云作对。

"我给你的信息好像起作用了呢。"

"嗯，多亏了会长的帮助，我才能抓住一之濑同学的弱点，接下来就让我好好利用这一信息，让它发挥更大的作用吧。"

"好啊，坂柳，你接下来要做的事情……学生会将全部默许。"

"我可以相信学生会'也'会默许吗?"

南云承诺里留下的漏洞，坂柳不可能看不穿。

"……嗯，学生会'也'不会食言，你打算怎么做?"

"敬请期待……吧。"

在这里把计划坦白出来对自己没有什么好处。

坂柳下了这个判断。眼前的南云，是一个完全无法信任的男人。

他现在甚至将学生会未来的核心成员随便丢弃掉。

"能这样两个人单独说话的机会实属不多，我还有一件事情想提前问问您。"

"什么事?"

"可能性虽然低，但情况恶化时可能会有学生来硬的……也就是动用武力，关于这一点，学生会会长您是怎么想的呢?"

坂柳相信自己不会输给葛城、一之濑和堀北那种足智多谋的人，但谈到武力就另当别论了，身体力量弱小的坂柳完全没有胜算。

"你不擅长应付那种关键时刻拿武力征服别人的人？"

"是的。"

坂柳还有身体上的缺陷，这就更是困难了。

"不凑巧的是我并不反感使用武力，学生之间打打闹闹很正常，我不会像堀北学长那样严厉禁止武力，小纠纷小矛盾引起的暴力事件我也就睁一只眼闭一只眼。"

这番话对不擅长使用武力的坂柳来说是个坏消息，但她担心的并不是这方面。

"原来如此……那么之前引人关注的一年 D 班与 C 班之间的暴力骚乱，如果是您的话……会与原学生会会长做不一样的判定吗？"

须藤和石崎一伙人围绕谁先动手、有无监控而争执不下。

南云虽没有直接参与事件的判定，但密切关注堀北学动向的他不会不知道。

"那件事啊……记得当时把校方都卷了进来，如果是我，虽然不会无罪豁免，但也到不了退学那一步，最多处以当事人停学处分吧，自然也不会扣除班级和个人的点数。"

南云又加了一句，表示这说到底也只是学生会的意见。

不管学生会说什么，只要校方不同意，那事情就没有回旋的余地，坂柳也十分清楚这一点。就算比一般学生会的权力要大得多，但也还是学生，这一点不能忘记。

"这样啊，我明白您是一位非常宽容的人了。"

今后也少不了有关威胁和武力的战斗，必须提前考虑好这一点。

"如果你不放心，我可以给你找一个二年级学生帮你。"

二年级学生用暴力使一年级学生屈服，学生会会长的提议就像在肯定这种行为。

"谢谢您的提议，不必了，我喜欢打自己手里的牌。"

坂柳想知道的是"可以做到哪一步"。

确认了自己在被攻击了之后可以进行反击这一点就足够了。

"你满足了？"

"嗯，足够了。"

坂柳从和南云的对话中收获颇丰，抓起手杖慢慢站起。

"啊，对了……"

"你还有事？"

坂柳把南云之前所说的不能给她太长时间一事当作了耳旁风。

"只是几句闲话，我听说了一件有趣的事情。据说有学生想用现金从快要毕业的三年级学生手里买个人点数。这个策略如果是真的，那就相当厉害了……可以说是以 A 班身份毕业的必胜法。"

这是之前集训时从高圆寺和南云的对话中被暴露出来的内容，虽然当时只有男生听到了，但男生中有人告诉了坂柳也不奇怪，倒不如说，坂柳不知道才奇怪。

"那个方法已经不能再用了，而且也不是高圆寺想出来的什么新颖独特的策略，以前就有不少学生想过让临近毕业的三年级学生将多余的个人点数转让给自己。"

不过是老掉牙的手段，南云对此嗤之以鼻。

"所以校方会在三年级中公开'毕业时将买下剩余的个人点数'这一特殊规则，这是惯例。"

"是吗？我们所知的规则是，毕业时个人点数会被回收，那时剩余的点数就变成了没有价值的东西。这样的话，三年级学生将个人点数托付给关系好的后辈也就很正常了。"

积土成山，只要能继承一部分人的个人点数，那么相当大的金额就能汇聚到某个学生身上。南云会察觉到高圆寺在较早阶段就开始了行动也就没有那么不可思议了。

"这本来是只对三年级学生公开的信息，先不说被二年级的学生会会长您知道了……您还在我这个一年级学生面前满不在乎地公开，是为了改变刚刚讲的特殊规则吗？"

"因为只有高圆寺出得起高于校方提供金额的钱，这违背了规则。"

南云在全年级男生面前公开这件事，让学校意识到了规则的漏洞及问题点。学校很有可能最近就对三年级学生出台追加规则，不允许随易转让个人点数。

一般来说就算出生于再富裕的家庭，也不一定真能在毕业后支付那么多的钱，但高圆寺是个极为特殊的个例。

在高圆寺财阀集团的官网主页上，证实了高圆寺六助在高一就已经拥有了庞大的个人资产，即使有风险，还是很有赌一把的价值。

"可生来拥有财力也相当于是一种实力，他可以采取这种战略的吧？"

"那我抢先阻止他使用这一战略同样也是一种实力咯？"

"哈哈，确实如此。"

坂柳愉快地笑出了声，手杖敲击地面，发出了轻微声响。

"我本来就觉得拿两千万点换一个Ａ班席位这个规则不怎么好，可以的话想更改一下，不过，就算以后这个制度没了，对现在的你们还是适用的。"

校方已经将这一规则明确告诉了坂柳等一年级学生，考虑到可能已经有人将重心移到了这一方法上，学校也就不能撤销。

"但是，听说迄今为止还没有一个人能独自攒够两千万点，这个规则不过是个摆设的话，就没有必要在意吧。"

"只不过是独自一人攒不够而已。"

"就算班级一起攒够了也没有什么意义，可能有学生担心其他班送间谍过来，但这并不现实。假设等级低的班级把学生送进了 A 班，那既然这个人已经隶属 A 班了，很轻易就会背叛原来的班级。"

"是啊，将实力强的班级打落下来对自己也没有好处，可也绝不能说没有那种为了伙伴而牺牲自己、饱含正义感的学生。"

"嗯，不过，A 班自然也不会把情报信息告诉突然来到自己班里的学生吧，而且在这所学校的考核中，自己造成的问题也多由自己承担责任，故意做有损自己班级的事情，可能到头来会让自己陷入退学的深渊。"

明白坂柳已经将制度完全理解消化了的南云满意地点了点头。

"我给你一个忠告，我虽然不讨厌你这种好战的性格，但是从现阶段开始你再继续四面树敌的话，以后会吃苦头的，先建立起和周围人的信任关系如何？现在开始也不晚，去建立信任关系。"

"您是想说以信赖作为武器来夺取胜利？"

"这种战略方法更高效。"

被自以为绝不会背叛自己的人的背叛。

这一击足够让人受到致命的伤害。

"您说要我建立信任关系，可是我觉得学生会会长您是不是太早就把珍视至今的信任牌出掉了，正如您所说的，留到最后再用的话，效果不会更超群吗？"

集训时南云对原学生会会长宣战，之后又背叛了他的信任。

"抛弃了信任？"

听到坂柳的话，南云这样说道，像在忍着笑。

"我确实完全失去了来自堀北学长以及三年A班学生的信任，但是二年级和三年级其他班的学生对我的评价丝毫不会发生改变，你们一年级学生很快就会明白。"

坂柳有一瞬间觉得南云在逞强和自满，但立刻又改变了自己的看法。

连破坏和堀北学对决的规则都在他的计划范围内。

可能这一想法当时就在二年级内部得到了统一。

"让我订正一下，坂柳，我认可你的实力，今后无论什么时候我都会批准你进入学生会。"

"谢谢，不管怎么说，今天来这里一趟真是太好了，知道了南云学生会会长您的为人，比起堀北原学生会会长，感觉和您要更合得来，我放心了。"

坂柳认真地鞠躬致谢，走出了学生会办公室。

不久，南云从背后追了过来。

"你没拿帽子。"

"哎呀哎呀，谢谢。"

收下帽子，坂柳再次俯首鞠躬。

"再见。"

"坂柳，你知道绫小路的事情吗？"

来自南云的突然提问。

"绫小路？我好像在哪里听过这个名字，是一年级的吧？"

"这样啊，没事，当我没说。"

既然坂柳不认识绫小路那就没必要再说了，南云立刻结束这个话题。

"需要我帮您调查一下他吗？"

坂柳故意进一步表示她可以提供帮助。

"不用，是我多嘴了，忘了这件事吧。"

"好，那我就先走一步了。"

坂柳向前走，和一个女生打了照面。

连交友范围不甚宽广的坂柳都熟识的一年C班栉田桔梗。

"你好，坂柳同学。"

"真巧啊，你是有事去学生会办公室吗？"

"嗯，我想着报名参加学生会，难道坂柳同学也是？"

"差不多，那我就不耽误你了。"

"再见哦！"

栉田在这个时候申请进入学生会，坂柳对此有一些疑惑，通常来说，像她那样的优等生渴望进入学生会是一件挺正常的事，但是时间有些不对劲。特别考核中南云的行动在女生里也传开了，了解他的高年级学生可能已经司空见惯，但一年级学生这时候应该会对南云产生不信任感。

如果她知道绫小路的真实身份，二人属于合作关系，那么她有可能是被送到学生会里来调查南云的。

但是以绫小路的性格，这个时候应该不会贸然来和南云扯上关系。

栉田桔梗，从没听说过关于她的不好传闻，她是个大好人。

"哈哈，越是这样的人越有可能是恶人呢。"

至少坂柳不相信世界上有纯洁友善的存在。

变化的关系

C班的光景从一大早开始就很是与众不同。

轻井泽惠四周围了一个圈，而组成这个圈的女生都有一种类似不安的情绪，响起一片嘈杂声。

"今天来的真是晚呢，绫小路同学。"

离开始上课还有不到五分钟，旁边的堀北铃音对我这个时候才来表示感慨。

"睡懒觉了。"

"哦。"

堀北没有感情的回答。

与我们的对话不同，惠周围的气氛很是热烈。

"轻井泽和平田同学好像分手了。"

"难怪班里有一种异样氛围，原来是知名情侣的关系破裂了。"

"正式宣布了，好像要搞得全班人都知道，就算我不想听也传到了我的耳朵里。"

堀北叹了口气，表现出了一丝厌烦，然后继续说道：

"你和他们两个人的关系好像不错，之前不知道这个消息吗？"

"我怎么可能知道？这是个人隐私。"

集训时惠好像还没有向平田明说，但现在已经践行了。

在全年级都格外引人注目的情侣，其影响力是巨大的。

无论是谁听到这个消息，毫无疑问都会震惊不已。

但这也代表着惠和平田两人的关联从表面上消失。

话虽如此，这并不意味着女生的向心力从惠身上消失。

唯一例外的情况就是班里诞生了让平田真正心动的伴侣，不过，即便如此她应该也不会遭到排挤。

就算那个女生要做什么让惠难堪的行为，平田定会第一个站出来阻止。

如果他不这么做，当初和惠扮演假情侣就没有意义了。

"所以，是谁先提的分手？"

我问堀北。

这一点我也不知道。

"好像是轻井泽同学。"

"这倒是意外，她像是那种会钟情于和优秀的男生交往的人。"

"是啊，我以前也这么觉得……"

她有一瞬间用怀疑般的眼神向我看了过来，但又立刻移开了。

她不可能从我的脸上得出什么消息。

堀北也开始明白这一点。

传说是惠甩了平田啊。

本来就是惠向平田提出的扮演假情侣，也不存在谁甩谁的问题。

恐怕是平田告诉她，说这样对惠比较好。

如果是平田甩了惠，那么就变成了惠有问题，这样可能对她的立场造成危害。总之，从周围人的样子能看出这两人的分手对 C 班是一个冲击。

但让我觉得厉害的是，女生可以这样在众目睽睽之下讲恋爱的事情。

"什么？你还没有找到新男友就分手了？！"

筱原毫不遮掩的声音回荡在教室里。

很明显，池和须藤也在一边闲聊，一边竖起耳朵听她们的对话。

"我想着自己该上一个台阶了，不能再这么依赖洋介同学，想自己独立。"

这对知名情侣的分手不光对 C 班，应该也会对其他班级产生影响，围绕平田的争夺战必然将在女生中展开。

"我也想要好好谈恋爱，可是按照这所学校的生存规则，我们都处在谁也不知道明天会发生什么的状况里。"

"正因为不知道明天会怎么样，所以才要尽情享受现在吧？"

"如果这不是在夺取别人的明天，倒是没有理由否认……"

另一方面，话题人物平田洋介坐在座位上，脸上还带着招牌式的温柔表情，正被男女生包围。

虽说被女朋友甩了，但谁也不觉得他可怜。

池和须藤没有去取笑他就是最大的证据。

不对，或者是……应该说他们已经成长了，不会再做这种事了。

即使他们多少有些在意，也没有偷偷摸摸讲什么坏话，倒是我和堀北这边的对话有点不知趣。

迄今为止的特别考核，还有上次的集训。

让还没有成熟的人们慢慢变化。

不过，并不是所有人都在一同成长。

"哟，平田！听说你被轻井泽甩了？别在意！别在意！"

本以为大家都变得能够察言观色了，但山内是个例外。

他傻呵呵地靠近平田，拍拍他的肩，看起来还挺高兴。

看到这一幕的池和须藤露出些许不快，两人走上前分别架住山内的两肋。

"喂，你们干吗！一起安慰平田啊，长这么帅还被甩了！"

"你真是恶趣味，快闭嘴！"

"什么？帅哥被甩这种事情可不多见哦！"

山内没听进须藤的劝阻，反驳道。

"抱歉，平田，我们马上把他带走。"

"没事，他说的是事实。"

这个时候就算表现出不愉快也很正常，但平田并没有在意。

"对了……一之濑同学的事情，你知道什么吗？"

旁边的堀北突然抛过来一个关于 B 班的问题。

"我最近可是听到了针对她的诽谤中伤。"

"那些是因为有人嫉妒她受欢迎，而编造的谎言吧？或者有人想对 B 班下手，而采取了这种策略。诽谤的内容是什么？"

"……有点难以启齿。"

她没有具体说是什么，从桌子里拿出笔记本，在上面写下几句话，拿给我看。

打架、偷窃、抢劫、吸毒，等等。

连厉害的混混都不一定全部做过的事情被陈列在了纸上。

"散播的这些流言可真是狠毒啊。"

"可她根本不像这种人……"

"只是造谣、掀起舆论的话不会被问罪。"

"不可能，不论真假，公然将谣言散播给非特定多数人时是可以被定为名誉损毁的，能够进行起诉。"

"如果是在社会上，看现在的状况，这个罪名肯定能成立。"

可这里是高中，未成年学生之间的事情，还发生在学校这个密闭的空间内。

没办法写到互联网上让全世界都看到。

"无论如何都定不了罪啊。"

虽然不能按国家法规对幕后人进行惩处，但有可能依据学校裁量给予惩罚。可确认散播流言的罪魁祸首是个难题，就算找到了，要是嫌疑人主张谣言不是自己散播的，是从别人那里听到的，或者是在日常交流里无意中听说的，那谁也没办法追究嫌疑人的责任，学校也没办法深究，最后只能不了了之。

最多警告一下嫌疑人不要再传播流言。

不管怎样，可以确认的是摧毁一之濑的战略计划已经在一步一步实施中了。

幕后操纵者十有八九是坂柳，但知道这一事实的人现在还不多。

"一之濑是什么反应？"

"我可不知道，我和她关系又不亲近，而且，贸然参与进去的话可能会怀疑到我们头上。"

"嗯，事实证明现阶段旁观最明智。"

"可是……这么老套的手段在一之濑同学身上能起

作用吗?"

"什么意思?"

"就算对方散布再多的恶劣谣言,能造成的损害也有限,毕竟一之濑在学校里的好名声连我都知道,光是因为你刚刚说的嫉妒就做这种讨人厌的事情,也太可悲了。"

"所以你觉得幕后的人用错了策略?"

"是啊,不过,俗话说得好,无风不起浪。"

"你觉得一之濑是个打架好手和吸毒人员?"

"就算没有全做过,但说不定涉及了那么一两个?"

可能性当然极低……她又追加了一句。

正如堀北所言,谁也没有证据能证明这些谣言是假的。

坂柳用这些话来迷惑众人,但保不准会有事实混在其中。

"算了……再怎么想也得不出答案,比起这个,我根据集训成绩对各班现在的状况进行了整理,你要不要看?"

"呃,没兴……"

"我知道你没兴趣,就把它们装进你脑子就行。"

"好吧。"

她强行将笔记本放在了我的桌上。

1

平田和惠分手的骚动还没有平息，C 班里就又出了花边新闻。

"打扰了。"

下了课，各自收拾东西去参加社团活动或回家的时候，一个极其意外的人物出现了。

"山内春树同学在吗？"

还留在教室里的学生们齐齐看向山内，眼神里满是惊讶。

山内接下来好像要和池回宿舍打游戏，正翻着什么游戏攻略。

"欸，找我……有什么事？"

看到可爱的女孩总是兴致高涨的山内也吓了一跳。

一年 A 班领导人坂柳现身，还指名要找山内。

"现在有时间吗？"

"当……当然了……"

"……这里不太方便，我在走廊楼梯口等你。"

坂柳可能有些在意其他学生的目光，略微低着头消失在了走廊。

C 班一度被寂静包围。

"不是不是不是不是！这不可能吧！"

打破沉默的是站在被指名的山内身旁的池。

　　如果须藤也在场，场面混乱程度会更高，但他已经前去参加篮球部的训练了。

　　坂柳的出场与邀请过于大胆，包括山内在内的所有学生都没弄明白这是怎么一回事。

　　可能是受本能驱使，山内立刻抓起了书包。

　　"抱歉，我有事先走了！"

　　"啊，啊啊……"

　　"等一下，山内同学。"

　　"干吗，堀北？"

　　山内就要冲出教室。

　　而堀北堵在了门口。

　　"她是不是要做什么对 C 班不利的事情？"

　　"为什么这么说？"

　　"因为她邀请你出去这件事很诡异。"

　　堀北的表情十分认真，说的话则十分直接，如同利刃。

　　这句话直白到常人听了定会立刻意识到自己是被瞧不起了。

　　可山内则不然，表现得甚至很是积极。

　　"和吃着面包的转校生在转角处相撞，坠入爱河……你不知道这种常见的桥段吗？"

　　"欸？面包……转角处？"

　　堀北不能理解山内在说些什么，皱起眉头。

光听山内的这一番话确实不知道他在说什么。

但我在集训时看到了山内撞倒坂柳的那一幕，推测他是在说那个时候的事情。

"坂柳还在等我，我先走了。"

山内没有听进堀北的劝告，抬腿要走出教室。

"如果这是个陷阱怎么办？"

"什么怎么办，这就不是陷阱。"

山内完全不信堀北的话。

"我的能力确实在班里垫底，可是正因为这样，所以没关系。万一是陷阱，我也会好好处理的。"

我想问问他会怎么好好处理，具体有哪些措施。

但他十有八九什么都没考虑。

"……知道了，我没有权力阻止你，但请你不要说泄露班级内情的蠢话。"

"别担心，我明白的。"

说完，山内高高兴兴地离开了教室。

包括池在内的一部分学生慌慌张张地跟在山内身后出去了。

"我们也去看看吧。"

和我说这话的是波瑠加，她还叫上了启诚和爱里两个人。因为没有拒绝的理由，我轻轻点头，站了起来。

来到走廊，立刻看到了池他们几个男生。

"啊，别走过了，这里这里！"

我们正要径直走过去的时候，博士叫住了我们。

"那两个人现在正在那里说话。"

"……咦，你的说话方式是怎么回事？"

听到博士的用词这么正常，波瑠加不禁嘟囔了一句。

"集训时好像被矫正过来了。"

关于博士说话方式变正常的原因，我补充道。

"什么啊，感觉少了点个性，算了，我也没兴趣。"

波瑠加立刻丧失了对博士的好奇，我们把注意力放到山内和坂柳身上。

"你……你要和我说什么？"

山内神色有些紧张。

另一方面，坂柳也有些害羞似的拿左手撩了撩头发。

这个动作从心理学角度来解读的话，可以理解为一种向喜欢的异性展现自己魅力的无意识行为。

"难道坂柳真对春树有意思？"

池看着那两个人的样子，有些懊恼般地喃喃自语。他应该从坂柳的一个个表情和动作中不知不觉感受到了什么。

但是，既然动作的主人是坂柳，那就应该把这看成是她故意制造出来的假象。

与这样的冷静分析不同……

"不是不是，这也太蠢了吧，坂柳太狡猾了，她绝对不喜欢山内。"

可能是女生的直觉，波瑠加快速表达了自己的意见，话里还带着批判。

"嗯，我也这么觉得。"

看到这一幕的爱里也感觉到了其中的虚假，对波瑠加的话表示赞同。

"男生这么单纯吗？这都能被骗到？绝对是演出来的啊！"

"……真的是在演戏？"

启诚没看明白。

不过，如果我不知道坂柳的为人，可能也看不明白……

"绝对是在演戏。"

波瑠加言之凿凿。

"可能就像堀北同学说的那样，坂柳是为了得到有关C班的情报。"

"但这是不是太露骨了？应该还有更好的方法吧？悄悄接触山内，那样既不会被戒备，成功率也更高。"

"话是这么说……"

启诚的想法有几分道理，如果坂柳打算给山内下套，方法有很多，这样特意让C班全员都察觉的行为有百害而无一利。若出现什么问题，无疑会断定是坂柳所为。所以，启诚和池所猜想的是，她其实对山内有好感……这一说法更说得通。可是对于好战而且胆大的坂柳而言，这两种事她都做得出来。

"其实我从很早以前开始就希望能和山内同学说说话。"

"真真真……真的？你没骗我吧？"

"我可没有闲工夫撒这种谎哦。"

在我们自顾自地进行分析时，那两个人已经说起来了。

"在这里静不下心来，要不要去别的地方？"

"也……也是，嗯，走吧走吧。"

"那就请你陪我一会儿。"

两个人并肩前行。

山内为了配合坂柳，放慢了自己的脚步。

看来他还是能关照他人的。

确实也不好再跟过去，众人只好目送二人离开。

2

除了参加社团活动的明人，绫小路小组全员聚在了咖啡店里，波瑠加立刻进入正题。

"大家觉得刚刚山内和坂柳同学那场闹剧的真相是什么？"

"直接断定是闹剧这样好吗？"

启诚还是有些不相信。

"就是闹剧啊，对吧，爱里？"

"我……那个，果然还是觉得，会不会就是那方面的事情呢……"

爱里脸颊微红。

"欸？可……不像是故意的吗？"

"嗯，看举止确实会让人这么觉得……可启诚同学也说过，她特意造访 C 班可能是来做什么坏事。"

"那是因为……说不定她就是为了让你这么想。"

她故意现出真身，让人觉得这过于明显，不像是陷阱。

这确实也有可能。

"阿隆和小幸村怎么想？你们真觉得这不是场闹剧？"

波瑠加又问了过来。

"我不懂这方面的事情，你别问我了。"

启诚拒绝再回答与恋爱相关的问题。

于是，波瑠加和爱里不约而同地看向了我。

"山内和坂柳在这之前都没有接触过，这太突然了，直接和谈恋爱联系起来是不是有些草率？"

"阿隆的分析很冷静，即便是一见钟情，对象也得是平田同学那样的才行，山内的话就有点……"

以现有的信息也分析不出更多东西。

话题终于从山内和坂柳的恋爱事件转到了 C 班的事

情上。

"啊，说起平田同学……他和轻井泽同学分手了呢。"

"那也不是什么出乎意料的事情吧，我之前就觉得他们俩早晚会分开。"

"咦，是……是吗？"

"这两个人是男生和女生中的带头人物，从这一点来看在一起可能挺妥当，但感觉不太般配啊，感觉平田同学会更喜欢那种文静些的美女。"

"我觉得轻井泽同学也挺可爱的啊……你不这么觉得吗，清隆同学？"

爱里抛了个难以回答的问题过来。

可能她也想问我关于这方面的事情。

"我也不清楚，没怎么注意过轻井泽。"

不知道爱里现在在想什么，但我也只能这么回答。

"先不说轻井泽同学了，现在关键是平田同学恢复单身了。"

波瑠加顺畅地帮我将话题转移回了平田。

"班里喜欢平田同学的人可是相当多，事情会怎么发展呢……"

"是……是吗？"

"欸……你没注意吗？举个例子，小雨肯定喜欢他。"

"啊……听你这么一说，她好像确实总看着平田同学。"

"对吧对吧？"

启诚对恋爱话题不感冒，他拿出笔记本。

"我学习一会儿。"

"啊，就要期末考试了啊……真让人郁闷。"

"我必须准备许多辅助你们学习的资料呢。"

哈哈哈，波瑠加笑着像要磕头拜谢一样面朝桌子低下了头。

茶柱没有对期末考试进行特殊说明，也就是说，这次考试是和往常一样的笔试。

考试不及格的学生要立刻退学。

"什么时候开学习会？"

"嗯……十五号的临时考试之后开始吧，从那时候到期末考试有十天左右，根据临时考试里出现的题目以及出题倾向进行集中训练，这就足够了。"

"不愧是小幸村，计划完美，赞成赞成！"

不想现在就开始学习的波瑠加很是开心。

"期末考试结束后，到了三月，应该会有一场本学年最后的'特别考核'在等着我们。"

"学年最后的特别考核……对哦，一年级的日子马上就结束了。"

"虽然经历了挺多的，现在一想，时间过得真快呢。"

爱里和波瑠加都在回忆这一年。

"现在还太早了哦，没通过期末考试就得退学，特别考核也要看内容是什么。"

启诚将现实摆在大家眼前，这也是在为波瑠加她们着想。

"啊。"

启诚刚把注意力转移到学习上，波瑠加就好像注意到了什么，叫了一声。

我顺着她的视线看过去，那里有一之濑的身影，身边男女各数人，全都是B班学生。应该和我们一样聚在了一起，但视线范围内能看到的学生表情都有些僵硬。

这可以看作为了守护正在遭受诽谤中伤的一之濑。

但一之濑好像并不希望这样，她像平常一样说说笑笑，和走在一起的伙伴说话，在路上遇到朋友时也开朗地打招呼。

有一点引起了我的注意，那就是这里面并没有神崎的身影。

记得他总是待在一之濑的身边。

"现在成了大问题。"

波瑠加看向一之濑的眼神有些冷漠。

"……是那些奇怪的流言吧，不知道是谁传出来的，真是过分呢……"

"这种事情也不是特别少见，内容虽然有些过分，但类似的事情有很多，感觉就像人气女生的宿命。"

"是吗？"

爱里露出了不可思议的表情。

"如果爱里有一之濑同学那么积极健谈，那现在来自周围的嫉妒恐怕铺天盖地了。"

确实有这种可能。

但爱里完全不知道积极的自己会是什么样子。

她思考了一下，但完全想象不出来。

"算了，不把那些东西放在心上才是上策吧？"

波瑠加觉得一之濑自己也清楚这一点。

我特意没有加入这个话题，只是一直听着波瑠加和爱里的对话。

3

这之后的两个小时，女生们在聊天，启诚在和笔记斗智斗勇。

我有时会在爱里她们中间插几句话，或者随意摆弄摆弄手机。

波瑠加放在桌子上的手机振动起来。

"啊，小明打来的。"

她点了点屏幕，打开扩音器，接了电话。

"社团活动结束了？"

"抱歉，我可能晚点到。"

明人打电话告诉我们他会迟到，声音有些紧张。

"咦，你留下进行追加练习了？"

"不是……接下来可能会有点麻烦的事情。"

"什么麻烦事？你说明白点。"

"A班和B班的人起了争执，万一打起来了必须有人拉架，不然就糟了。"

看来明人没有被牵扯进去。

可是A班和B班？

我脑中闪过刚刚B班那群人里主要成员的脸。

可是，一之濑会允许打架这种不慎重的事情发生吗？

"那种事你就别管了，和我们班又没关系。"

"话可不能这么说。"

明人挂掉了电话。他平时话不多，但在集训时将谁也不愿意接受的龙园纳入了自己的小组，没想到这个男人身上还有热血的一面。

"是谁和谁起争执了呢？"

爱里对这一点有些好奇。

"闹事的不一直都是那个班嘛。"

她指的自然是现在落到了D班的龙园他们。

"也是啊。"

她们二人对A班与B班出乎意料的对立事件很是疑惑。

"爱里，阿隆，要不要去找小明？"

"可……可是会不会有危险啊？"

"就是哦，说不定战火爆发，还会蔓延到我们班。"

波瑠加半开玩笑地回答。

爱里有些害怕地缩了缩身子。

"没关系的，要是出了什么事小明会想办法的，他以前可是不良少年。"

"哇，不良少年？有这么一回事？"

"我只是从他本人那里听了一嘴而已。"

他不害怕龙园可能也是因为对自己的能力有一定的自信。

"爱里要是遇到了麻烦，阿隆会帮忙的，对吧？"

"……我会妥善处理，但是打架就算了。"

"啊哈哈哈，没事没事，这所学校又不会经常发生暴力行为，应该。"

因为有了好几个前例，波瑠加最后加了一个不确定的单词。

我没有理由拒绝，便跟上一起去了。

4

在去往弓道部的路上并没有看到明人。

"咦？小明他人在哪儿啊？"

明人当时肯定正往咖啡店的方向走，在路上看到起争执的家伙以后改变了路线。

我们三人一起寻找明人。

数分钟后，我们从结束社团活动的同学那里获得了重要信息。

我们找到了离校舍有一定距离的体育馆。

两名男生正面对面站在那里。

这两个人应该都是波瑠加她们料想中的人物。

一个是一年 A 班的桥本。

另一个是一年 B 班的神崎。

明人站在一旁，就像在监视着他们。

"你们不会真的要打架吧？"

"真烦人啊你，一开始找事的不是我，是神崎。"

桥本的态度就像自己是被迫卷到这件事里来的，我和他四目相对。

"你的朋友来了。"

在桥本的提醒下，明人和神崎同时看向我们这边。

"……你们来了啊。"

他好像并不希望我们干预这件事。

确实，女生没有必要参与到这种事里来。

但波瑠加呛声道：

"还不是因为小明你要插手奇怪的事情，我们是来帮你的。"

"帮我……"

明人抬头望天，似乎在后悔把这件事说出来。

"这两个人刚刚打起来了？"

明人调整了一下自己的想法，反正人来都来了。

"是我弄错了，就是刚刚两个人之间的感觉有些凶险可怕。"

"只有神崎才凶险可怕。"

桥本的样子确实和平时没什么区别。

但是明人并不完全同意。

"要真是那样就好了。"

明人并不打算离开。

因为不知道这两个人什么时候会打起来。

另一方面，神崎似乎也觉得我们的存在不合时宜。

也就是说，他不希望这里有其他人。

但他明白现在不是能让人回避的时候。

所以他不打算赶我们走。

神崎最终没有和我们说一句话，他再度面向桥本。

"接着刚刚的说，桥本，你放学后做了什么？你又不参加社团活动，为什么要留到这个时候？"

"没有社团活动就必须早早回去吗？放学后在哪里、做什么是我的自由吧？而且在场的人里，有社团活动的只有三宅一个人吧？"

要抓话柄的桥本积极地把我们也扯了进去。

和神崎不一样，我们的出现对他有利。

我们绫小路小组里的人对视了一眼。

A 班和 B 班都说不上是我们的伙伴。

但要选一个的话肯定就是 B 班。

因为堀北和一之濑缔结了停战协议。

"你们回答不了这个问题吗？"

面对我们的沉默，桥本就像觉察出了什么一样，他笑了一声。

"你现在在这儿也并不是在等人，而是在找人传播'流言'吧？"

神崎的表情还是和往常一样冷静，但气势汹汹。

看来他是在就一之濑的流言事件质问桥本。

明人担心会发展成斗殴，所以才一直留在了现场。

桥本应该也从神崎的话里听出自己的所作所为在一定程度上被发现了。

他轻点了两三下头。

"流言？啊啊，就是那个一之濑做了好多坏事的流言？我和她的流言又有什么关系？"

"你现在装傻不过是浪费时间，我想在这里把事情弄清楚，你们做的事情性质太过恶劣，这样的话和龙园没什么两样。"

"你和我说这话也没有用，我回答不了你。"

平时说话就模棱两可的桥本面对神崎的追问也含含糊糊。

明人判断两人不会立刻扭打在一起后，和他们拉开一定的距离。

然后朝我们走来。

"现在怎么办？"

波瑠加小声询问明人。

"什么也不做，总之就是盯着他们，无疾而终最好。"

"可是……我们能在这儿旁听吗？"

爱里有些不安，这也能理解。

两人的讨论和 C 班没有任何关系。

至少神崎是不欢迎我们的，这种不欢迎的感觉已经通过空气传了过来。

"清隆你怎么想？"

明人来寻求我的建议。

"既然对方还没有叫我们走，那就待在这里呗？如果他们吵起来了，有第三方在场更利于主张自己行为的正当性，这对神崎也有好处。"

明人也立刻接受了这一看法，轻轻点头。

桥本向神崎进一步询问流言的事情。

"喂，神崎，说起来，一之濑的事情，真的只是谣言吗？"

"什么意思？"

"无风不起浪，恐怕大部分的学生都这么想。"

"谣言这种东西就算没有依据也能传播，不过是人的恶意使然。"

桥本靠在旁边的墙壁上。

"原来如此，谣言和风浪确实不同。"

谚语并不能解释这世上的所有事情。

"但是，你能断定一之濑没有黑历史吗，神崎？"

"我们在 B 班同甘共苦拼搏了将近一年，所以我很清楚她的为人。"

"你快别这么说了，太做作了，不忍直视。"

桥本将目光从神崎身上移开。

"我当然也直接问过一之濑。"

"那一之濑是怎么回答的？"

"她说不要被谣言所迷惑，希望我们不要放在心上。"

"所以她既没有肯定也没有否认咯？"

"是的，所以我决定相信她。"

"喂喂，你当真？你要当老好人到什么时候啊？"

桥本嗤笑一声，很快继续往下说：

"谁都不愿意提起自己的阴暗过去，不会因为伙伴的询问就将真相全部吐露出来，所以她才没有和你们说真话哦。莫非你因为她现在是好人，就觉得她过去也同样是？"

这是桥本采取的策略。

神崎的态度没有发生任何改变。

眼神中可以看出他对一之濑的坚信。

"就因为自己是一之濑的左膀右臂就觉得她会把所有事情都告诉你？你也太天真了吧。"

桥本认为神崎就像一个盲目的信徒，他难掩自己对此的无语。

　　神崎可能已经在心中下了结论，再接着往下说也只是浪费时间。

　　"我现在问的不是这件事，而是你今天放学后做了什么。"

　　"我就大发慈悲地告诉你吧，我确实把有关一之濑的流言告诉别人了。"

　　桥本如此坦白道。

　　"神崎，你脑子聪明，又体谅他人，但是，正因为如此，你最好不要再参与这件事，你一味选择相信，而不去怀疑，解决不了任何问题。"

　　"所以你不会收回流言？"

　　"你别搞错了，没有什么收不收回的，流言不过是一手来一手去，不知道从什么地方传过来的。我也是把自己听到的东西又告诉给了别人而已。"

　　他承认自己传播了流言，但坚决否认自己是流言的始作俑者。

　　但神崎并不会就此善罢甘休。

　　他应该从一开始就知道流言的出处并非桥本。

　　"这几天我彻查了你们 A 班。"

　　"所以呢？"

　　"流言出处的数名男女全是一年 A 班的，一问这些人是从哪里听到的，和你刚刚说的一样，全部是固定的'不记得''在某处听到的'等模糊回答，桥本你应该明白这意味着什么。"

那就是有人在幕后操纵这些学生。

"不好意思，神崎，我完全听不懂，你能不能解释一下啊。"

"意思就是陷害一之濑的流言出处无疑就是一年 A 班。"

"是吗？"

"我不会让你推脱掉责任，不只是一年级学生，我还找到了从你那里听到流言的二年级和三年级学生，有必要的话我可以把他们叫出来当面对证。"

神崎等人已经将流言的来源进行了彻底调查。

确信了此次事件是由一年 A 班主导并实施的。

所以他现在才来找桥本。

神崎没有率领众人而是独自一个人前来，也是因为考虑到了一之濑。

贸然聚集大批人容易引起骚乱，到那时本对流言没有兴趣的人也会注意到这件事。

不对，或许这件事就是神崎一个人独自调查的。

"这样啊，所以你今天也在一直跟踪我？"

今天"也"，这意味着桥本之前就已经注意到了神崎的尾随。

但他并没有放在心上。

这是因为他明白这并不会对自己有什么不利。

他耸了耸肩膀，叹了口气。

"是坂柳指示你们散播谣言的吗？"

"不是。"

"那是谁？能给你们 A 班下达指令的，除了她就只有葛城了。"

"哎，我也和其他学生一样，是从别的地方听到的啊，即使你说是从 A 班传出来的，我也没有什么头绪，这或许是现在佯装与世无争的龙园所为。"

听到这话，神崎稍微改变了一下自己问问题的方向。

"所以你就完全相信了这种不明真相的流言，到处乱说？"

"这种事情在这世上多得很，不管是真是假，只要听到了很感兴趣的流言，不管是谁都想去和别人说的，女生的这种经历应该比男生多得多吧？"

桥本看向波瑠加和爱里。

"欸……确实……"

"令人悲伤的是，传播得越广，大家情绪就越高涨。神崎你客观考虑一下，一之濑既不承认也不否认流言，也没有找人帮自己解决这件事，你不觉得奇怪吗？如果流言全是假的，那她应该会请求别人帮助自己找到流言的来源吧？"

"一之濑极度讨厌纷争，是因为她觉得散布对自己恶劣谣言的那个人也值得同情，所以才什么都没做。"

只要一之濑什么都不说，神崎就只能选择相信她。

"B班的家伙真是……"

总而言之，我通过桥本的口气和态度，确信了一件事。

有关一之濑的流言……并非全部都是假的。

暂时抛掉学生立场，从社会角度来看待这件事。

一之濑确实可以状告传播流言的始作俑者，不管流言内容是真是假，因为公然损坏了他人名誉，一之濑的行为有充足的正当性。

但是……那只限于事件处理不伴随着事实公开的情况。

如果这件事情是坂柳计划的，她自然会在脑子里想好对策。

现在一之濑始终保持沉默也证明了对策在顺利发挥作用。

桥本拍了拍神崎的肩膀，将双手放进口袋，作势要离开。

"话还没有说完。"

"已经够了吧？就算继续往下说，双方的想法也不过是两条平行线。"

他对波瑠加和爱里轻轻摆手，向校舍方向走去。

我从桥本身上感受到了一种违和感。

现在的他和集训时的他给我的感觉并不相同。

但这也只是一种直觉。

我说不出什么发生了改变、哪里不同。

"我先走了。"

神崎对我们轻轻点头示意，向着宿舍而非校舍的方向离开。

"哇，怎么感觉我们目睹了一件大事。"

"你还觉得挺好玩？"

听到明人的吐槽，波瑠加吐了吐舌头。

"毕竟暴力这个东西还是挺刺激的，而且，就算被牵扯进去了，小明你也能解决不是吗？"

波瑠加比出嗖嗖出拳的动作。

"你以前是混混？"

我顺势问了一句，明人听到后长叹了一口气。

"你别到处说啊，波瑠加，这不是件想要被广而告之的事情。"

"没关系的，今天情况特殊嘛，你果然很厉害对吧？"

"我先告诉你们，我可不是什么有名气的混混，我所在初中的老大另有其人，比我厉害多了。"

"咦……你初中是那种很乱的学校吗？"

"我所住的那个区，原本就是道上的人生养小孩的地方，对了，D班的龙园就在我旁边的初中里。"

"欸欸，真的？！"

"嗯，我在学校与学校之间事态升级的时候见过他好几次，但他应该没把我放在眼里。"

明人也因为习惯了打架，所以才不害怕那种情况的。

"结束这个话题吧，你们别告诉小组以外的人。"

"知道啦，那就回咖啡店吧，小幸村还在等着我们呢。"

"嗯。"

我们说到底不过是外人。

可以确定的是，最好不要过多插手这件事情。

本不打算改变

周四傍晚，我在回宿舍的路上看到了一之濑的身影。

身边总是围着很多人的一之濑今天竟然孤身一人，不知为何给人一种无欲无求的感觉。但与其说是偶然没有朋友陪伴左右，倒不如说是她主动远离了朋友吧，她当前是全年级最受瞩目的人。

要是将别人卷入自己的流言，说不定会伤害到人家。

如果是一之濑，会这么想也不奇怪。我想起了前一天神崎和桥本的事情。

要不然和她打个招呼？我在心里暗想……

但在感受到身后来人的气息后，我打消了这个想法。

我拿出手机，打开照相机。

将后置相机调成前置模式。

然后不露声色地观察身后的情况，有两个同样要回一年级宿舍的人。

其中一个，是桥本。

他只是普普通通地走在路上，但结合几天前的事情来看，实在让人难以觉得这只是个偶然。

他在跟踪我？

还不待我加以确认，另一个学生向我这边靠近。

这个学生毫不迟疑地走近我。

我立刻关闭照相机，将手机收到口袋里。

"绫……绫小路同学，你现在有时间吗？"

从身后向我打来招呼的是同班同学王美雨。

因为这个名字不太好叫，所以简称"小雨"，但光是在脑子里这么想就有点不好意思了。

"我现在……能耽误你一点时间吗？有件事想咨询一下你。"

向我咨询？一直以来我几乎和她没有任何接触。

她这样面对面来找我说话可以称得上是首次。

似乎除了小雨以外并没有其他人……

一之濑没有注意到我，已经远去了。

我现在追上去找她说话也颇为奇怪。

"抱歉，你有事啊……"

"没有，我只是正要回去，没关系。"

听到我这么说，小雨有些欣喜，松了口气。

在我和她说话的时候，桥本擦肩而过，向着宿舍方向走去。

既没有看向我这边，也没有和我打招呼。

"所以……你要向我咨询的是？"

"在这里说的话，有点……"

她看向四周，姿态有些扭捏。看样子不是能在路边说的话题。

"也是。"

离宿舍虽近，但邀请她去我房间这种话我实在说不出口。

去她的房间更是不可能。

"那去哪里呢?"

我将地点的选择权交给她。

想了一会儿后,小雨提议道。

"咖啡店……怎么样?不过回来可能会迟些。"

她想去咖啡店的话,我倒是没有拒绝的理由。

晚回来些也不过是步行五分钟与十分钟的差距。我们按照她的提议向榉树城的咖啡店走去。我们并不怎么相熟,因此彼此保持了适当的距离。

1

不论何时都颇有人气的咖啡店今日依旧门庭若市。

连缺少一般高中生常识的我,现在也知道了其中的缘由。

这是一家超大型企业旗下的咖啡店,开在街头巷尾,深受女生喜爱。

里面一杯咖啡的价格对高中生来说较高,不是能经常喝的东西。一个不打工的高中生的话,一个月能喝上几次就已经够不错了。但对这所学校的学生来说,因为拿到了可以当钱使用的个人点数,只要收支情况没有那么糟糕,大部分学生还是可以随心所欲地在咖啡店享受的。

因此，这里每日热热闹闹也是必然的。

但人还没有多到找不出空位。我们二人面对面坐下，一次都没有对视过，小雨只是盯着自己手边的咖啡杯。她和爱里是同一类型的人吧，要是我贸然给她施加了压力，她恐怕更加不敢说话。我决定不主动开口，等她做出反应。

期间我表示要去拿砂糖，走向柜台。

在那里拿到了一小袋砂糖。

我用余光发现桥本也来到了咖啡店。

他应该不是突然想喝咖啡了吧。

他无疑在跟踪我。

是坂柳派他来的？不对，这说不通，坂柳现在并不愿意将我的真实身份弄得人尽皆知，就算要派人来，指挥全权听命于她的神室即可。坂柳如果知道桥本的为人，就应该明白这种工作不适合交给他来办。

要是贸然将我的信息泄露给桥本，再被透露给其他人，对她也没有什么好处。

所以，桥本是在擅自跟踪我？

我不记得自己在集训的时候当着桥本的面做过什么不该做的事情。

我只是一个普通的小组成员。龙园、石崎、阿尔伯特还有伊吹，我在脑子里列出有可能把我的事情告诉桥本的人，又一个个排除掉。

算了……现在再怎么想也得不出答案。

不过，这是我亟须解决的问题。

我暂且先无视这件事请，和小雨把话继续下去才是当务之急。

一分钟后，我回到座位，小雨立刻打破了沉默。

"那个……是关于平田同学的事情。"

关于平田啊……

"希望你能尽可能多地告诉我……"

"我和平田的关系并没有那么亲密。"

我出于给她打个预防针的目的回答道，但她露出了颇为意外的表情。

"可……平田同学和我说过绫小路同学你是最靠得住的。"

"……这样啊。"

"嗯，他说你是班里最可靠的，狠狠夸奖你来着。"

被平田称赞虽然是件值得高兴的事情，但这若是传出去，感觉会给我添麻烦，不过我也知道平田会如此称赞我的原因。

可靠的学生千千万，但仅限于C班的话就难说了。

再把范围缩小到男生，我被摆在仅次于平田的位置上也不奇怪。

不过，她想问的是平田的事情啊。

结合之前波瑠加说过的话，我可以大概猜出她想问的东西。

"最近，平田同学和轻井泽同学，那个……分手了的事情，你知道对吧？"

"知道。"

我装作不知道她要问什么。

"那，那个，呃……"

犹豫了好久以后，她终于进入了正题。

"平……平田同学现在有喜欢的人吗？"

她问道。在这种场合怎么回答才算对呢？

我的脑子里瞬间闪过这个问题，但立刻明白了坦诚回答才是最好的。

"没有吧。"

"真……真的？"

"虽然不敢打包票，但据我所知是没有的，而且他不是刚被轻井泽甩了吗？现在就移情别恋是不是太早了？"

小雨冷静下来，赞同了我说的话。

"我出于好奇心可以问你一个问题吗？就一个。"

"呃，嗯。"

"你是从什么时候开始喜欢平田的？"

"欸欸欸欸欸！"

不知道是不是因为我问了一个奇怪的问题，小雨变得面红耳赤，张皇失措。

"为……为什么这么问？"

"没事，你不能告诉我的话也没……"

"开学典礼之后吧。"

她居然回答了。

"我有些地方做得不好……"

和平田的相遇，还有陷入爱情的契机。

小雨一五一十地全说了。

"……就是这么回事，应该，嗯。"

"这样啊。"

尽管是出于各种各样的理由，但有一点可以确定，她沦陷在了平田的温柔里。

"可……"

讲述完自己和平田的故事，脸颊泛红的小雨，马上就回到了现实，表情也变得凝重起来。

"我……我这种人是当不了平田同学女朋友的吧……"

"为什么？"

说得这么决断，我觉得有些不可思议。

"还不是因为竞争对手太多了……而且，我还没有谈过恋爱……"

对平田的爱意都满溢出来了，但还是没有实际行动的勇气。

虽然不能说没有恋爱经验是劣势，可也不能信誓旦旦地说完全没影响。

"呃，小雨你……我这么叫你是不是不太好？"

"没事，完全没关系，大家都是这么叫我的。虽然我父母都是中国人，但他们也喜欢我这个日语别名，都叫我小雨。"

原来她不是混血。

"你是留学才来日本的吗？"

"嗯，我初一的时候，爸爸因为工作要来日本。"

所以全家搬到了日本啊。

"你应该不太习惯吧？语言障碍什么的。"

"一开始挺不容易的，比起语言障碍，我更担心自己能不能交到朋友……还好，我上的那所初中里面会英语的人很多，就顺利地和她们打成一片啦。"

说起来，我记得她擅长英语。

应该是边用英语和周围人交流，边利用初中三年完美地掌握了日语，我听说中国的社会竞争比日本更加激烈，中国人也要更加勤于学业。

恐怕正是因为小雨一直以来都接受的是高难度教育，所以才这么顺利地融入了日本的生活。

接下来她只需同爱里一样提高社交能力即可。

"我这种不起眼的人有没有机会呢……"

"虽然不能说什么不负责任的话，但我觉得你也有机会。"

"真的？"

"我没有撒谎，只不过……"

"不过什么？"

这会让她不安，但还是有必要把其中的难处告诉她。

"平田是个好人对吧？"

"嗯。"

"所以，他再次选择伴侣的时候或许会更加慎重，他可能觉得是自己没有给轻井泽带来幸福吧。"

小雨点了点头，恍然大悟。

"是的，我也没有办法……立刻和他表白。"

"虽然竞争对手颇多，但现在急着向他告白的话，被拒绝的可能性应该很高。"

我建议她慢慢来，做好充分准备。

不过真实情况如何，只有平田自己清楚。

但从目前的状况来看，平田应该不会随便答应和女生交往。

向他表白的大部分女生都会碰一鼻子灰吧。

这样看来，慢攻才有胜算。

"我……以前可能有点误会绫小路同学。"

"误会？"

"你看，你平时不太爱说话，沉默寡言的……让人觉得有些难以接近，可是这样面对面交流，我觉得你是个特别好说话，或者说是认真听我说话的人……"

我被夸奖了。

可是，与其说我在认真听她说话，不如说我只是在无意识地就对话内容进行分析，充其量是在仔细思考这个消息对我以后是有益还是无益，能不能加以利用。不过，既然对方这么想的话，也算是歪打正着。

要不然再把话题深入些？感觉可以趁此机会问出许多东西。

"咦？这不是小雨和……绫小路同学吗？"

正当我好不容易想开口问点其他消息的时候，一年D班的椎名日和出现了。我闭住了半张的嘴。

"小和，你好。"

小雨，小和，从对彼此的称呼来看，两人关系不错。

"难道你们两个人……是在约会？"

"不，不是，不是的，小和。"

慌忙站立起身，每个毛孔都在进行否认的小雨。

被否认到这个程度，我莫名觉得受到了伤害。

"那我会打扰到你们吗？"

"当然不会啦……可以吗？"

"嗯。"

"谢谢。"

日和高兴地坐在了小雨身旁的椅子上。

"你们两个待在一起倒是少见呢，刚刚在聊什么呢？"

"呃……"

小雨不好回答说在聊自己喜欢的人。

"我对中国有兴趣，就问了问。"

"对中国……有兴趣？"

"嗯，是我想去的国家之一，小雨是中国人，我在问她一些关于中国的事情。"

我将视线移向小雨，寻求认同，她连忙点头。

"不错啊，中国，我对长城也很有兴趣。"

日和双手合十露出笑容。

没想到这个话题正好合了她的胃口。

"谈起中国，确实就不得不说长城，不过，我个人倒想去平遥古城看看。"

"平遥古城？"

日和像是第一次听说这个地方。

小雨则瞪圆了双眼。

"虽然平遥古城作为世界遗产确实挺有名的，但你知道的真多……"

"不过是略知一二。"

"对了，你们两个人是……朋友吗？"

听到我和日和自然融洽的对话，小雨问道。

"嗯，是书友。"

"呃，可以这么说。"

"书友……"

小雨露出了不可思议的表情。

但是之后立刻换成了一种积极的想法。

"能和不同班级的人成为朋友，真好啊。"

她说道。

恐怕她在集训以前，在其他班没有朋友。

在高度育成高中里，与他人竞争是基本课题。

许多学生有敌视其他班学生的倾向，而且这种倾向有些强烈。

但到了现在，超越班级限制，交到了其他班朋友的学生也开始多了起来。

学校也多少有这个目的。

若非如此，就不会在集训时制定那样的规则。可也不能肯定这以后不会产生坏处，等到了需要对立的时候，这种半吊子的友情可能会产生相反的效果。

2

"今天谢谢你了，绫小路同学。"

"不，该道谢的是我才对，问了你那么多关于中国的事情。"

"啊，对，是啊。"

无意间向我来道谢的小雨，害羞地用食指挠了挠自己的脸颊。

"我检查一下信箱再上去。"

我对要走进电梯的小雨和日和说了这么一句话后，背过了身子。

我每周都会检查一到两次信箱。

其他学生应该也差不多是这个频率。

信箱里的东西主要来自学校，不过也有学生与学生之间的物品往来，或者是经由学校的邮购。

话虽如此，我想确认的并不是一般的东西。

"今天也没有啊。"

自从父亲到访学校，我便会定期检查邮件包裹。

这个时候他会来接触我也不奇怪。

信箱里没有任何东西，我回到电梯前面，发现日和还在原地等我。

"可以占用你一点时间吗？"

"嗯。"

我们离开电梯口，走到了大厅的沙发旁边。

"刚刚小雨在，我有一件事没有问……"

日和环视了四周一圈，接着开口道：

"一之濑同学的事情，你听说了吗？"

"你指什么？如果是那些奇怪的流言倒是大致听说了。"

"就是那件事，你知道那是谁散播出来的吗？"

"不……不知道。"

我可以轻而易举地说出坂柳，或者桥本的名字，但还是没有这么做。

"说实话，我不想看到一之濑同学受折磨的样子，她对我这种没什么朋友的人也很友好。"

之前的集训里她和一之濑在一个小组，一起吃饭，一起睡觉，因此也感受到了比其他学生更强烈的羁绊吧。

"绫小路同学。"日和的眼睛里藏着些许决心，"我本来不喜欢伤害别人，可为了守护自己的朋友，有时候必须站出来。"

"是啊，毕竟没人救得了所有人。"

"我和一之濑同学虽然本质上是敌对关系，但一定有能帮到她的方法。我现在还没有想出来，但是……你能帮我吗？"

"帮忙？那你该找堀北商量商量。"

我想把堀北介绍给日和。

"堀北同学吗？"

日和的表情有些忧虑。

"或许 C 班会支持一之濑。"

到时候可以形成三班围攻 A 班之势。

可日和并不开心。

"绫小路同学就不行吗？"

"我在 C 班没有任何影响力。"

"是吗？"

她偏过头，觉得有些不可思议。

"女生就是堀北，男生就是平田，你最好找这两个人说。"

"这样啊……"

日和的肩膀耷拉下来，有些失望。

"怎么了？"

"不……只是因为我几乎不认识堀北还有平田同学……绫小路同学的话，多少还认识些，我是这么想的。"

看样子她受了一定的打击。

"抱歉，我确实无能为力。"

"没关系……这不过是我单方面的考虑。"

她低下了头。

"需要我和他们先说说这件事吗？"

"对哦，可以这样吗？"

她这么说了一句，但……

"对不起，还是下次有机会再说吧，贸然把这件事传播开来，很有可能给一之濑同学添麻烦。"

"嗯，有道理。"

现在谁也不知道给一之濑下套的人接下来会采取什么行动。

刺激到他们反而会产生反效果，有坐实一之濑流言的可能。

3

回到房间，我收到了一条信息，是堀北发来的。

有时间吗？

我盯着这行文字，还没有回复，就又有信息传了过来。

因为标记已读了，就让我继续说下去吧，今晚一之濑会来我的房间，你也来吗？

出乎意料的内容。

我本不打算回复，但还是发了一句。

怎么个情况？

我们和B班是同盟，视情况伸出援手也是自然，可这次实在难以看清事情全貌，所以我想直接问她本人。

因此，堀北采取了这种直接和她接触的方法啊。

这是相当大胆的举动。

我可以拒绝她。

事后再问堀北，她应该会告诉我她们两个人说了些什么。

但是并不能了解到所有的事情。

连一之濑身边的神崎都对她的事情有不清楚的地方。

所以，直接和一之濑见面询问她，或许能离真相更近些。

可问题在于，若在这里插上一脚，这件事就和我扯上关系了。

该怎么做呢？

我略微思考过后，给堀北发了一句话。

几点？

七点。

时间有些靠后。

应该是为了不让其他学生看到。

知道了，我去之前会联系你。

我决定和堀北一起见一之濑。

4

在约定时间之前，我始终待在房间里。

在离七点还有五分钟的时候，我出了房间。

打算去堀北那儿。

于是，几乎同时，一之濑从旁边的电梯里走了出来。

"啊，晚上好，绫小路同学。"

我轻轻举起手回应她。

"要打扰你们了。"

"哈哈，我也是要打扰人的一方呢。"

说着，一之濑按下了门铃，门锁立刻被打开。

"请进。"

约定的是七点，我们二人同时到来也不奇怪，堀北什么也没有说，招呼我们进门。

我随便坐在了地板上。

我之前来过堀北的房间，和那时相比没有什么大的变化，和我的房间大同小异，单调无奇。

"不好意思，一之濑同学，在工作日的晚上把你叫来。"

"你也是在为我着想吧？没必要道歉哦。"

在和人这样面对面的时候，一之濑时刻保持自己的常态。

"聊晚了对明天精神状态会有影响，就长话短说吧……嗯，最近各种令人不安的流言乱飞。"

"嗯，是谁在传播？"

堀北单刀直入，询问一之濑。

一之濑是否会坦诚回答也是我在意的一个地方。

"我不敢保证，但有可能是坂柳同学。"

她的回答比我料想的还要干脆。

如果没有一半以上的把握，一之濑不会这样轻易把特定人物的名字说出来，她不是那种随便怀疑别人的人。

从中能看出一之濑有一定的依据。

"坂柳同学……为什么说她的可能性高呢？"

"简单来说，因为她向我宣过战吧，光凭这一点不够吗？"

堀北也知道坂柳性格好战。

为了排挤葛城，坂柳甚至会加深自己班级内部的对立，不难想象她会为了对 B 班下手而瞄准一之濑。

"不，足够了。"

堀北和我的想法相同，便没有再深究。

"被她这么散播无根无据的流言，对你也有害。"

"嗯……"

"你不否认流言吗？"

"对不起，堀北同学，这一点我无法做出解释，堀北同学和绫小路同学你们虽然是我的朋友，但毕竟是其他班的学生，即使现在我们处于合作关系，可还是摆脱不了早晚会敌对战斗的命运，不是吗？"

看起来不论问什么都会回答的一之濑，拒绝回答这个问题。

但这也是必然。

"我没有强迫你说什么的意思，可是，沉默有可能被当作默认。"

"听到传言后怎么想，是堀北同学，同时也是大家的自由，但是对于这次的事情，我并不打算与她正面交锋。坂柳同学的目的是扰乱 B 班的秩序，而唯一的解决办法就是保持沉默。"

一之濑露出了笑容，与往常一样，自然得体。

这种故意惹怒别人的战略方法她早已司空见惯，从现在的情况来看，没有百分之百完美的解决方法。不管是正面交锋，还是继续保持沉默，到头来观众还是会随心所欲地起哄，仅凭臆测推动事情向前发展，所以一之濑选择了从一开始就不做出任何反应，等待事件平息这一条路。

"我今天来见堀北同学，还说了这么多话，就是希望你们不要插手这件事情。我好不容易沉默到了现在，若是周围再起骚乱，平息事态就会花费更长的时间，更重要的是，没有必要让C班因为帮我而被坂柳同学盯上，我自己可以的。"

一之濑用力地点了点头，笑容不改。

"……我算是彻底明白你内心的强大了，不管真相如何，被传出那么恶劣的流言任谁都会受到伤害，但你不光考虑到自己，还顾虑到周围的人。"

"我没有你说得那么厉害。"

一之濑有些羞涩地继续说道：

"所以我希望堀北同学你们可以和往常一样，我自己的问题由我自己来解决。"

一之濑说着急忙站起了身。

她为了告知堀北不必出手，而特意前来。

"你知道神崎他们的事情吗？"

可能多嘴了，但我还是决定稍微管一管。

"神崎同学？"

"前几天他找到A班的桥本，拜托他不要再散播流言，不对，他的行为可能已经超出了拜托的范畴。"

"这样啊……神崎同学是个好人，我之前曾告诉他什么都不做也没关系。"

"多半不止神崎同学一个人吧，应该有不少同学想为你做点什么。"

看堀北的反应，应该是第一次听说神崎的事情，但她的推论有道理。

"同学那边，我会再告诉他们一声，今天就到这里吧。"

"真的没关系吗？"

堀北再次向一之濑确认。

"当然。"

一之濑毫不迟疑。

"谢谢你为我担心，绫小路同学也是，谢谢你这么晚了还抽时间过来。"

"没有，我不过是个附加品。"

堀北这次没有再挽留。

一之濑向我们道了晚安，随后走出了房间。

"这样真的没有问题吗？"

"谁知道呢。"

在和一之濑接触的过程中，她的态度一如既往。

与其说她表现得很强硬，倒不如说更给人一种努力不去想太多的印象。

"你觉得我应该怎么做？"

"你想要我的意见吗？"

"嗯，坦白来说是的。"

堀北说道，不带丝毫迟疑。

"那就是什么都不做。"

"理由呢?"

"若是如一之濑所言,流言的源头在坂柳,你参与这件事情可能会让 C 班身处险境。"

"话是这么说,但如果一之濑同学败给坂柳同学了怎么办?下一个矛头不就会指向我们 C 班吗?"

她是想说无论如何都会被盯上,不过事实也确实如此。

"我们班可能早晚会被盯上,可到那时棘手的 B 班已经溃败了,这是好事。"

"……你的意思是不必管一之濑的死活?你可真是冷酷。"

"冷酷?你原本不也是这种立场吗?帮助自己班里的学生确实理所应当,可一之濑是其他班的,她是我们必须与之战斗并打败的对手,有人能够帮你除掉这个对手你应该开心才对,没必要担心。"

"我们和她是联合斗争的关系,让坂柳同学她们从 A 班落下来,我们再和 B 班一决胜负……"

"你这是空想论吧?"

A 班正好落到 C 班,一之濑和我们则分别升到 A 班与 B 班,再展开激烈的对决,这不过是梦话。

姑且不论她主动来拜托我们的情况,现在是一之濑自己主动拒绝了别人的帮助。

如果是之前的堀北，应该早就接受了这个事实。

不知从何时开始，堀北变成了现在这样。

哎，从她想和栉田改善关系一事中倒是可以推导出原因。

"应该放手。"

"是啊……"

堀北心里也明白该这么做。

所以才没有反驳我说的话。

这次我们心系同盟搭档，向一之濑表示了我们有提供帮助的打算，这就已经足够了。C班只要默默无闻，静静追随其他班即可，前面的班级互相争斗时，慢慢缩小和他们的差距才是上上策。

可是，这里的关键问题不是"不能帮忙"。

堀北征求了我的意见我才这么说的，到底怎么做，最终决定权还是在堀北手里。

但她恐怕不会再干预 B 班的事情。

因为她没有打乱一之濑作战计划、扭转现在局势的方法。

"我也回去了，这么晚了，孤男寡女共处一室不太好。"

超过晚上八点的话可能招来闲话。

"嗯……"

陷入沉思的堀北，并没有看向我这边。

堀北在逐渐发生变化。

　　但她现在还处于相当极端的变动中，迷失了自己，容易受到周围环境的影响。

　　当前，大家一起辛苦奋斗的日子应该还会持续下去。

　　她能否找到真正的自己？

　　这一点至关重要。

　　离开堀北房间，我在电梯口看到了一之濑的身影。

　　她似乎在等我出来，看到我后笑着举起了一只手。

　　"这里这里。"

　　她小声招呼我，我们两人走进电梯。

　　一之濑按下了一楼大厅的按钮。

　　"能陪我一下吗？"

　　"可以是可以……要去哪里？"

　　"嗯，稍微到外面走走。"

　　来到大厅，正好没有人，我们向外面走去。

　　太阳已经完全西沉，天色昏暗，我和一之濑朝上学路边的休息区走去。

　　"虽然有点冷……但因为我不想引起别人的注意，所以到这儿来了。"

　　"我明白，你没关系吗？"

　　"我没事，啊……那个，怎么说呢……真的不好意思啊。"

　　我还在想她要和我说什么，没想到第一句话居然是道歉。

"为什么这么说？"

"我给堀北同学和绫小路同学，还有 C 班的同学们添了麻烦。因为传言的事情，让你们为我担心，总之，请不要在意这件事。"

"你也是这么和神崎他们说的吧？"

"这是最好的解决办法，在流言平息之前，我都不会改变我的立场。"

她看向我的目光里蕴含着决心。既然她都这么说了，她手下的神崎等人应该就只能遵从了。

"我要说的就是这些……有点冷呢，我们回去吧。"

"嗯。"

短暂的交流。

她让我先走，于是我先一步回到了宿舍。

5

周围的人开始紧张慌乱起来。

而我并没有积极地去做什么事，只是随波逐流，随遇而安。

虽然不太容易，但我想要的可能就是这种生活。

我感觉自己就要得出一个答案。

可这时发生了一件怪事。

夜晚，放在枕边的手机振动起来。

现在已经过了深夜一点。

不知是谁在这个时间打来电话，我看了眼手机，发现是个陌生号码。

但应该不是校外打来的。

学校发的这部手机被事先设置好了，不能给指定范围以外的号码打电话，同样也不能接听那种号码的电话，且无法更改这一设置，这是出于不让学生随便与外部联络的目的。

这不是什么稀奇的功能，这种安保系统同样使用在家长给小孩子买手机的时候。也就是说，一个生活在校内的人给我打来了电话。

不能确定这个人是学生还是老师。

"……喂。"

我带着些许戒备，或者说在有些困倦的状态下接通了电话。

手机贴在左耳上。

对方没有反应。

沉默在继续。

只有轻微的呼吸声传到了我的耳畔。

我等待对方先开口，双方持续沉默了三十秒。

"你什么都不说的话，我就挂了。"

我警告对方。

"绫小路清隆。"

对方叫了我的名字。

我对这个声音没有一点印象。

但听声音不像是大人。

是学生的可能性比较大。

"你是？"

我反问。

沉默再次蔓延。

然后电话就被挂断了。

"光叫一下我的名字啊。"

恐怕不是打错了。

"开始行动了……"

对方的身份不过是小事。

重要的是那个男人，开始对我展开行动了。

但奇怪的是为什么要用这种方法来让我知道呢？

如果目的是逼我退学，应该采取更加出其不意的策略才对。

而不会特意来威胁我。

是什么限制住了那个男人吗？

不论如何，帷幕已经被拉开。

一之濑与神室的秘密

距离神崎和桥本的事情已经过去了四天，今天是周五。

有关一之濑的流言越传越开，到现在可以说是人尽皆知。

可一之濑自己似乎没有向校方报告任何事。

她每天像没事人一样，并没有在意流言蜚语。

看到她就算被散播恶性流言也不为所动、意志十分坚定的样子，一部分人开始对她表示敬佩，觉得那些流言果然不是真的，纯粹是被编造出来的谎言。

谣言不过一阵风。

攻略一之濑的计划告吹了。

大家都认为一之濑利用贯穿始终的沉默成功渡过了难关，于是不再关心这件事，开始认真准备期末考试。

但这时，发生了一件让流言再度沸腾起来的事情。

事情发生在周五放学后。

回到宿舍楼的我，看到许多人聚集在大厅。

现在正是不参加社团活动的人回到宿舍的时候，以前好像也在哪儿见过这样的光景。

"似曾相识的幻觉吧。"

而且有意思的是，葛城就站在我记忆中的位置上，和上次不一样的地方大概就是现在他旁边还站了个弥彦吧。因为没有其他能说话的人，我走近葛城，向他搭话。

"发生了什么事情吗？"

"嗯，信箱里被投进去了一封信，和之前的事情相似。"

葛城看上去有些不满地架起了胳膊，感叹似的嘟囔道。

"你的里面不也有吗，绫小路？"

听到弥彦的催促，我点了点头。

"我去看看。"

我来到自己的信箱前，转动密码盘，确认里面的东西。

于是发现信箱里被整齐放入了一张和上次一样叠了四折的纸。

如果和之前一样，里面的字应该是印刷上去的。

但也没有办法从现在四折的状态看出这是手写的还是印刷的。

我将纸慢慢展开。

一之濑帆波是犯罪嫌疑人。

但这次并没有像上次那样写明寄件人的名字。

只有这一行字。

字体也是常规格式，制作极其简单。不可能在便利店印这种东西，恐怕用的是自购的印刷机。

为了让人们想起已经平息了的流言。

而且和以往不同，这次直言她为"犯罪嫌疑人"。

不过内容并不涉及她犯了什么罪……

"一之濑看到这个恶作剧会吓呆的吧。"

"可是，如此直言不讳，感觉容易产生各种各样的问题啊，对方屡次三番开展这种恶性行动，不怕给自己惹麻烦吗？"

弥彦问葛城这封信的出现是不是一步坏棋。

"确实和之前的情况完全不同，那个时候只是告发了一之濑有非法积攒点数的可能，虽然查明了不是非法行为，校方也同意大量持有点数，最后只是宣布情况特殊，没有进行处理。可这次的内容明显就是要对一之濑下手，只要她向学校报告，请求学校进行处理的话，发信人可能被找到。"

"真傻啊。"

"不，不能说得这么绝对。"

"是吗？"

"发信人不会不明白这么简单明了的道理。"

"欸……难道葛城大哥已经知道了流言是谁传出来

的吗？"

"只是有个大致方向。"

坂柳虽然向我预告过，但并没有在表面上承认过这是她做的，桥本有可能独自开展行动，抑或受了二年级和三年级的指示，这次流言有可能来自完全不同的地方。

但是葛城说他对流言的出处有一定的头绪。

这样的话，坂柳的可能性最大。

"学校会不会插手，就要看中心人物一之濑作何打算了。"

发信人确信，和被传播流言时一样，一之濑不会向校方申诉，无论做什么一之濑都会一直沉默下去。

只要一之濑面对流言和信件没有任何反应，学校就不会采取行动。

就在这时，一之濑回来了，但看上去她就像收到 B 班同学的联络后，匆忙赶回来的一样。

她立刻从朋友那里接过印刷纸，阅读上面的内容。

我、葛城，以及在场的数十名学生望着一之濑。

"……"

一之濑没有说话，只是一直低头看着那张纸。

看完那一行字用不了一秒钟。

但她用掉了数十秒，看她的视线流动，我明白了她一直在反复读那行字。

"……这个被放在了信箱里？"

"嗯……过分了对吧？大概发给了一年级所有学生……"

B班一个名叫朝仓麻子的女生走近，抱住了她。

"呐，不要再忍了，找老师谈谈吧？这种事情不可原谅。"

"没错！老师一定能把发信人找出来！"

在此之前的敌人是看不见的流言，但这次不同，出现了物证，这是有人带着恶意攻击一之濑的证据。

"没关系，我不在意这种事情。"

"不，不行的，这样的话，小波，恶劣的流言会越来越多，传得越来越广。"

同学拼命劝说一之濑不要再忍下去了，这是有道理的。

假设十个人里有九个人都不相信流言，但只要有一个人信了，那就糟糕了，一之濑帆波这名学生的形象会慢慢恶化。

一之濑始终坚持沉默原则，但周围人不同。

她们想帮一之濑，让她证明自己的清白，对幕后凶手加以制裁，但这会将一之濑逼入绝境。

"对不起，让大家为我的事情操这么多心，但是，真的请你们不要把它放在心上。"

她说着，对B班的女生露出笑脸。

这张纸被塞入信箱的时间无疑是深夜，所有人都在睡梦中的时候。早晨查看信箱的学生少之又少，所以事情会在放学后大家回宿舍时被发觉。

只需要等有人发现这张纸，将消息传到一之濑耳朵里。

有一名女生一直在注意观察情绪不安的 B 班。

葛城用尖锐的目光看着那名女生，眼里似乎带着愤怒。

一年 A 班的神室真澄，总跟在坂柳身边的女生，但今天只有她一个人。

"神室做了什么吗？"

"不……什么也没有。"

葛城不作答，将印刷纸扔到旁边的垃圾箱里，按下电梯按钮，他和弥彦走进本就停留在一层的电梯，表情自始至终都很严峻。看到他们乘电梯上了楼后，我也准备回房间。

1

我的房间在宿舍楼的四层，四〇一号。

我走进电梯，后面还跟着神室。

"你去几层？"

站在楼层按钮前的我询问她，但她并不回答，紧闭双唇。

电梯慢慢上升，很快就到了四层。

我下了电梯，神室也跟着走了出来。

难道她碰巧要找哪个男生？

恐怕不是这样。

"找我什么事？"

走到房间门口后（离电梯没有几步路），我开了口。

"有事和你说。"

"你要是能早点告诉我就好了。"

"你不方便？"

"没有，能不能在这儿说？"

"我体寒，能不能让我进去？"

这听起来像是在询问我，但其实态度十分强硬。

"行是行……"

打开门锁，两个人进到房间里。

神室的表情没有任何变化，严肃地看了一圈。

"单调的房间。"

"是你偏要进来的，第一句话就这啊。"

"怎么说得像是我强迫你了一样？我不是取得了你的许可吗？"

说着，神室坐在了我的床上。

"你取得许可的方法可是有点……哎，算了，你要说什么？"

"拿点喝的来，一两句话说不完。"

这家伙脸皮可是有点厚。

"那我给你倒杯茶或者咖啡。"

"没有热可可吗？"

"……有。"

"那给我来一杯热可可。"

明明给了她两个选择，没想到她偏要自己重提一个。

"所以你要和我说什么？觉得冷的话，在大厅说不就好了。"

大厅也有供暖，在那里说应该也没问题。

我一边准备热可可，一边问她。

"这里没有人打扰，最适合谈话。"

"谈什么？"

说实话，我没有兴趣，也不想问。

"莫非你在提防我？"

"我不提防你才怪呢，一个不怎么熟，而且属于敌方阵营 A 班的女生进到我的房间里来。"

"你们班的山内可是不一样。"

她看着我说道，像是在试探我。

"你在意吗？"

"一点也不。"

"好吧，那我就不说那件事了，反正也无关紧要。"

或许她正偷偷用手机让人窃听或者用录音器录音，但神室的情况有些特殊，坂柳已经知道了我的事情，不需要再这么做。

必要的话，那个家伙随时都可以对我下手，而坂柳现在没有这么做的原因，就是不想让我引起别人的注意。

"关于刚刚一之濑的那封信，你是怎么想的？"

"什么怎么想的？"

"就是字面意思，你相信她是犯罪嫌疑人吗？"

"谁知道呢，我对这个也没有兴趣。"

"但你至少还是会思考一之濑到底是善人还是恶人吧？"

"并非所有的犯罪嫌疑人都是恶人，不是犯罪嫌疑人也不能代表就是善人。"

善恶的定义原本就很模糊，角度、立场和关系不同，看法也会随之发生很大的改变。

"……"

神室看着我，眼神中充满了无趣。

如果继续回避中心问题，恐怕事情就没完没了了。

"有人散播了流言对吧？"

"嗯，听说了。"

"据我的推测，其中应该有一个以上的流言是事实或者接近事实，所以，一之濑即使听到流言和看到那张纸后也没有进行任何反击，因为只要一反击，她想隐瞒的那个事实就会暴露出来。"

"继续无视就能作为谜题而不了了之。"

"嗯，可这并不能从根本上解决问题，只要一之濑不承认，知道她想隐瞒的那个事实，而且在传播流言的那个人，早晚会爆出更详细的事情来，到那时一之濑很有可能就糊弄不过去了。"

水开了，我将开水注入杯子里。

然后把盛有热可可的杯子端到了桌子上，神室并没有立刻拿起来喝。

"你不喝吗？"

"我怕烫。"

不知道她到底哪句话是真的。

"你的推测是正确的，一之濑现在被知道事情真相的人盯上了。"

"你怎么知道？"

"当然知道了，坂柳在你我面前都说过了。"

我自然还记得那件事。

但是神室为什么要亲自来告诉我？

这也是坂柳下的一步棋吗？

"先告诉你，坂柳不知道我今天会来找你，知道了的话多半会生气。"

"也就是说，你背叛了坂柳？"

"没错。"

"不好意思，我不能相信你。"

"也是，所以我要把一之濑隐瞒的秘密告诉你，因为在明天或后天，这件事很有可能被公之于众。"

然后神室所说的事情就会被证实。

"这要先从我为何会被坂柳任意差遣开始说起。"

"你要从你的经历开始讲起啊……"

"我知道你没有兴趣，但请你听一下。"

既然她都这么说了，我就听一听吧。

我如果不这么做，她应该是不会走的。

2

坂柳来找我是在开学典礼结束后的一周。

我在回宿舍的路上去了一趟便利店，完事走出店门后不久。

"请等一下。"

班里的一名女生叫住了走出便利店、正往宿舍方向走的我。

"什么事？"

"刚开学想找你聊聊天，神室同学。"

"没想到你记住了我的名字。"

"同班同学的名字和相貌我还是记得的。"

女生的步伐很缓慢。

一只手握着手杖，看得出她的腿脚不甚方便。

她好像叫……坂柳有栖来着，身体有缺陷的她颇为引人注目，连不打算记同学名字的我都在不知不觉中记住了她的名字。

"可以和你一起回去吗？"

一般来说我会拒绝，虽然和她的腿脚不便的事情没有直接关系，可在这种场合下总觉得有点难以拒绝她。

"随便。"

"谢谢。"

她露出了高兴的笑容，稍微加快了一点速度，和我并肩走。

"要是你摔倒了我可不会帮你。"

"没关系，我已经习惯了。"

尽管如此，她的步行速度绝不能算快的。

"呼……"

我故意长长叹了口气，但坂柳并没有放在心上。

外表娇小，脸皮却很厚的样子。

"对了……你刚刚在便利店干了什么？"

"什么意思？"

"看你好像什么都没有买。"

"没有想买的东西，不行吗？"

我想结束这个话题，但她抓住了我的手腕。

"你偷东西了吧？"

坂柳看着我的眼睛说道。

她就像看到了好玩的玩具，眼睛在发光。

"你踩点了好几次，掌握了监控的位置，这是你第一次在学校里偷东西吗？还是已经偷过好几次了？"

"你确定我偷东西了？"

"嗯，你似乎没注意到我，但我可以确定，不然我也不会来和你说。"

"确实如此。"

坂柳亲眼看到了，所以才来找我。

"你要说什么？向学校告发我？"

"嗯……和学校报告这件事情很简单，但在那之前你先告诉我一件事。"

"什么？"

不知道她有没有意识到我的不满，她继续往下说：

"你的手法很高明，但更让我惊讶的是你的冷静，一般做这种事情的人会顺便买口香糖和糖果等便宜的东西来降低自己的罪恶感，而你完全没有这么做，这也是你已经是个惯犯的证据。"

坂柳说对了，她仅凭这一次的行动，就看穿了我多次的偷盗经历。不过，这又怎样？

我不打算多说什么。

手法再高明，也挽回不了被发现的事实。

"随你怎么说。"

我把手伸进书包里，拿出了从便利店里偷出来的罐装酒精饮料。

没满二十岁的人是不能买的。

它的购买者一般是在校内生活的教员。

"赶紧举报我吧。"

我对她说道，可坂柳又说起了完全无关的事情。

"你经常喝酒吗？"

"……不，我对酒精没什么兴趣。"

"也就是说，你并非通过盗窃来满足自己的物质欲望，说到底不过是为了体验犯罪的快感和刺激才这么做的。"

她自顾自地继续分析。

"我已经领略到了你冷静分析的能力，能不能快点向学校举报我？"

"真的没关系吗？一旦你的行为被认定为偷窃，可是免不了停学处分。"

"所以呢？"

"入学刚满一周，未来还有许多欢乐或者忧愁在等着你哦。"

"你不举报的话，我自己来。"

我正要拿出手机，却她被阻止了。

"我很看好你，神室真澄同学，你可以成为我的第一个朋友。"

坂柳催促我把手机收起来。

"你在说什么？"

"我会帮你保守秘密，作为回报，你要帮我做许多事情。"

"这不叫朋友。"

"是吗？"

"你觉得我会老老实实地帮你？"

"就算通知了校方，你的损失确实也不大，可是，神室真澄是小偷的事情就会被人知道，今后你就再难偷东西了，对吧？"

"意思是你不仅这次会放过我，今后偷更多也没关系？"

"想怎么做是你的自由，我不会加以干预，而且就算我从道德角度出发告诉你犯罪行为是不可取的，也不会对你的内心产生任何影响，不是吗？"

"那倒也是……"

"但是……跟随我的话，我是不会让你感到无聊的，或许可以用别的东西来填满你原本只有靠偷窃才能满足的内心。"

这就是我和坂柳有栖的相遇。

3

"啊，累死了，好久没有说这么多话了。"

神室坦白了一切，但看向我的那双眼眸和最开始没什么两样。

"也就是说我是偷东西的惯犯。"

"最近你也偷了？"

"我最近被坂柳那个家伙使唤来使唤去的，都没有工夫偷东西了。"

她想说这并非她的本意，但也没有反抗。

神室恐怕从来都没有被谁需要过，这里有更多不为人知的事情。

因为坂柳需要她办事，她便不再偷窃。

坂柳做得很对，神室再继续偷下去的话早晚会摔跟头。

如果是在校外的话不敢保证，可这里是学校的地盘，范围有限。

库存数量总是对不上的话，事情立马就会败露。

到那时 A 班要承受的损失也会变大。

"之前坂柳说过，你和一之濑的秘密相同。"

所以，如果她说的都是真的，那么一之濑也有偷窃的经历。

"是这么一回事。"

"但你把过去都告诉我，有什么目的？"

我追溯她的过往，把一切都调查出来也不是不可能。

那对神室没有好处，而且只有她一个人会受到影响。

"我既不喜欢坂柳也不喜欢一之濑，但我在知道一之濑偷东西的时候，确实有点惊讶，她明明那么受欢迎，所有愿望似乎都会被满足，居然和我一样有偷东西的黑历史。"

神室自嘲般地笑了笑。

"制止坂柳，你应该能做到吧？"

"你要我帮一之濑？"

"嗯，这样下去，一之濑无疑会被击垮，并非肉体，而是心灵。"

"原来如此。"

很难证明神室所言是真是假，取证也颇为困难。

通过库存金额以及盘存金额可以推导出损耗金额，但如何确定损耗原因是个难题，也有店员处理失误的可能。虽说她刚入学的时候偷了东西，也并非露骨地多次偷了同一种东西，而是仅有一次的偷盗行动。

也不能拜托人家把监控视频放给我看。

唯一可取的对策就是将神室偷盗的事实透露给校方和便利店老板，可不论真假，对我都颇为不利。

就算她真的对坂柳抱有不满，决定背叛她，来向并不熟悉的我求助，这里面还是缺了点动机。

那么，这一系列的事情到底是出于怎样的目的呢？

"你觉得我在撒谎？"

看到我一直在思考，她主动打破了沉默。

"我不否认，毕竟你没有证据。"

当然了，几乎可以认定她刚刚所言确实是事实。

但我还是没有给出明确答复的原因在于，神室是坂柳身边的人。

"……我明白了，只要我证明给你看就行了对吧？"

"你能证明吗？"

"应该可以。"

神室拿出学生证，把它交给了我。

"别锁门，等我。"

她难道是想现在去偷个东西来，好证明自己是个小偷？

我盯着她的学生证，边看边等，十分钟后她回来了，从衣服里拿出来了个东西。

"喂喂……"

真叫我猜中了。

"我本来想拿口香糖，但啤酒更能证明是我偷的吧？"

确实，如果是谁都能买到的口香糖，有可能只是提前买好，然后装作是偷的。但若是酒，就不同了。假设她在外面借到了别人的学生证，也买不到酒精饮料，因为有年龄限制。利用老师或在校内的工作人员来买也不现实，这毫无疑问就是偷出来的东西。

她为了获得我的信任，居然真的这么做了。

"你能相信我了吧？"

说完，她正要把啤酒罐收起来，我伸出了手。

"你先让我确认一下这是不是真的，你有可能拿个假货来糊弄我。"

"……你是傻子吗？这种东西还能伪造？"

神室有一瞬间表现出了不满，但很快就将罐子递给了我。

罐子还很冰凉，确实会让人误以为这是刚从便利店里拿来的东西。

我慢慢将罐子旋转一周，这是真的酒精饮料。

"你想要的话可以给你。"

"不用了。"

万一被别人发现我的房间里有这个，会引来麻烦。

神室把啤酒罐从我的手里接过去，反复抛起来又接住，发出砰砰声。

"总之你信我了？"

"你都给我看了实物，我还能不信吗？"

"那就好。"

"所以，为什么选了我？"

"在这所学校里，我能找的人，除了你以外就没有别人了，这你是知道的吧？"

我将给神室倒的热可可杯子拿在手里，确定她一口都不会喝，已经过了十分钟以上，早就凉了。

"这对我没什么好处。"

"也许吧。"

就像已经满足了一样，神室站立起身。

"我期待结局如何。"

她单方面结束对话，打算离开。

"等一下。"

"……怎么了？"

"你落下了你的学生证。"

神室表示自己完全忘了这回事，用没拿酒的那只手接过学生证，然后走出了房间。

她抛给了我一件麻烦事。

我果然还是不该管一之濑的事情吗？

"不对……这说不准。"

或许可以利用一下这个机会。

我拿上学生证和手机，出门去便利店。

路上，堀北哥哥打来了电话。

本想着来客走了我终于可以轻松一下……

但是来电话的人出乎我的意料，他应该不是为了说废话而打来的。

"我有几件事要和你说。"

按下通话键、电话接通后，堀北哥哥立刻开口。

"急事？"

"或许，关于我妹妹的。"

"……关于你妹妹？"

这倒是稀奇。

只要没有特殊情况，堀北哥哥不会说起他妹妹的事情。

"栉田桔梗和南云雅接触了。"

"咦。"

我在对这个消息感到惊讶的同时，也佩服堀北哥哥消息之灵通。

"我一直都觉得你身边肯定都是敌人，没想到还能掌握这种消息，你是从谁那里知道的？"

"桐山告诉我的，经过上次的集训，我和南云的关系出现了明确破裂，他接下来也一定会对我出手，我这边也不得不行动起来。"

桐山副会长啊。

我陷入思考，没有说话，堀北哥哥继续说道：

"你没办法直接相信他提供的这个消息吗？"

"我没有你那么了解桐山。"

"这样就可以，你保持怀疑是件好事。"

作为曾经担任过学生会会长的男人，不管是桐山还是南云，堀北都带着一定的信赖和他们接触。即使他觉得可疑，在对方没有背叛自己之前都坚持信任他们，这我无论如何也模仿不来。

"然后呢？"

"她是来求南云帮她让堀北铃音退学的，这可是相当大胆的行为。"

"应该发生了什么事让她顾不了这么多了吧。"

输了赌注的栉田，说过今后不会再做对堀北不利的事情。

但她丝毫没有遵守约定的打算。

就像栉田之前凑到龙园身边想利用他一样，她这次又找到了南云。在集训时看过南云的所作所为之后，她会去找南云也不奇怪。

栉田自然也意识到了吧，这样对堀北穷追不舍，也是在给自己挖坑，可她给了我一种想要舍卒保车的感觉。说实话，我觉得她现在接近龙园还为时尚早，不过去找南云不是个坏主意。他比我们高一届，等他毕业走了知道事实真相的人也就没有了。

但这种情况仅限于南云是一个值得信任的人。

"接下来南云或者他身边的人可能会对铃音下手。"

"你想让我做什么？不会是保护你妹妹吧？"

"就算铃音被逼到了退学那一步，那也是她自己的责任。不过，栉田还和南云说你的存在也是个麻烦。"

"原来是这样……"

南云虽然对我没什么大的兴趣，但若总听到我的名字，难免会意识到什么。

如果不尽早断掉这些线，麻烦的事情会接踵而来。

"南云和桥本接触过吗？"

"为什么这么问？"

"我感觉集训的开始和结束时，桥本的态度有些不同，我当时并不确定，但我最近遇到他的时候确信了这一点，集训最后桥本应该从旁人那里听说了我的事情。"

知道我的事情，还把这事告诉了桥本的学生极其有限。

"你的推测是正确的，集训的时候南云对桥本说了有关你的事情，但他应该还不知道你就是在背后指挥铃音的人。"

"果然。"

所以他为了弄清楚真相而在到处搜集信息。

"我觉得南云不是特意和桥本说的，你不放心？"

"没有，就算他早就知道了，现在的情况也不会发生变化。"

是啊，堀北哥哥低语道。

坂柳阵营的学生，对我抱有怀疑是小事。

不管他再怎么调查我，只要我什么都不做，他就什么也找不出来，或者在采取什么对策的时候，被坂柳制止了的话，那也就没用了。比起龙园和南云，他要好对付得多。

但是，所有的事情都和南云有关，这有点麻烦。

"我把该告诉你的信息都给你了，该怎么做你自己判断。"

“我会的。”

我挂断电话。

在这所学校里，这种信息非常重要。从这一角度来看，我所拥有的这一个情报源，堀北哥哥，就起到了一定作用。虽然没有南云那么精明，以及广泛的情报网，但是他的可信任度和情报的准确度要比南云高得多。

总而言之，要将冒出来的火星早日扑灭，先发制人很有必要。

扩散的流言

周末过去，到了周一的清晨。

洗完澡，我拿浴巾擦拭头发，嘴里还叼着牙刷。我计划比平常行动慢些，掐着点去上课。

我想起昨天睡觉前关了机，便按下开机键。

可能是之前有人发来了信息，屏幕立刻闪光。

清隆同学，你早上有时间吗？我可以去你那里打扰一下吗？

是爱里发来的，就在我刚进了浴室之后。

还有来自惠的未接来电，之后再回她吧。

抱歉，我刚刚在洗澡，没有看到信息，现在没时间了，可以在学校见吗？

发过去还没有一秒钟，就标记上了已读。

这是偶然呢，还是说她在等我的回复？

没关系，我之后再找你。

从这个回复来看应该不是什么急事。

既然如此，我就先集中精力，整理好自己的仪表吧。

没有时间再优哉游哉，我收拾好自己后按下电梯键，早晨因为上学人多拥挤，电梯不会立刻到，时间虽然紧张但也没有到需要着急的程度。

我利用这个时间拿出手机，给惠发了一条信息。

你刚刚打电话找我有什么事？可以的话今天傍晚左

右想和你见一面。

立刻被标上了已读。

我无意中拨过去的，不必在意。见面可以，但是能不能早些？我晚上约了朋友一起玩。

那就定在五点左右吧。

五点怎么样？六点前也可以。

OK，那就五点，要说什么事？

见了面再说。

刚把信息发出去，电梯就来了。

里面只有平田一个人。

"呀，早上好，绫小路同学。"

"真少见啊，平田，现在离上课可没有多少时间了。"

平田是优等生，几乎每天上学前都会预留出充足的时间。

他今天晚走了，而且还是几乎掐着迟到的点出门，这实属罕见。

"我本来想早些走的……"

他的脸上浮现出了有些复杂的苦笑。

"本来？"

平田含含糊糊，我和他一起下到一楼，发现有好几个女生等在那里。

不是某个特定班级的学生，而是从 A 班到 D 班都有，我有一瞬间还在疑惑她们为何聚集在这里，但立马就理解了眼前的事态。

"早上好，平田同学。"

"嗯，早上好。"

他脸上虽然带着爽朗的笑容，但看样子有点为难。

"这个……情人节礼物！"

六个女生齐齐将巧克力塞到他手里。这种事情恐怕已经发生了好几次，我推测他刚才是为了把巧克力拿回房间吧。

我向平田告别，急忙赶往学校。

等他倒是可以，但迫于女生嫌我"碍事"的压力，只好先走一步。

这样啊，今天是情人节。

"巧克力我还一次都没有收到过……"

忽然间这么嘟囔了一句。

先不说想不想交到女朋友，在那之前，我想收到一次巧克力。

没想到我的心里居然会有这种欲望。

1

因为情人节而紧张起来的男生并不只我一个。

一进教室，我立刻感受到了里面异样的氛围。

许多男生聚在了一个地方。

今天是一年的关键。

和圣诞节一样，是男女生谈恋爱的关键日子。

"绫小路你来了啊，你也过来一下。"

须藤叫我过去。

"你收到巧克力了吗？"

"嗯？"

须藤紧紧盯着我，眼神不甚友好。

"翻译过来就是，你有没有收到堀北的巧克力？"

池不怀好意地解释。

"笨蛋，你别多嘴，这和堀北没关系。"

他眼睛里还是没有笑意。

到底有没有？他气势汹汹。

"没收到，也不可能会收到。"

"……真的？"

"嗯。"

须藤点了两下头，我终于从他的注视下解放了出来。

"对了，宽治你怎么样了，和筱原相处得顺利吗？"

"什么？为什么突然提到了筱原啊？"

"你差不多该说实话了，大家都知道了。"

"知……知道什么了……你知道？"

不知为何，他向我寻求答案。

因为大概了解事情的经过，我轻轻地点了点头。

"唉！"

池红了脸，蹲在地上。

"你看，连绫小路这种木头人都知道了，所以呢，收到了吗？"

筱原在班里没有那么高的人气，所以没怎么听到有嫉妒池的声音，作为池的狐朋狗友，山内估计会愤慨几句，但也还没有看到他的身影。

"没收到……"

"什么啊，你也和我一样啊。"

须藤拢住池的肩膀，表现出了对他的同情。

"没……没关系，反正从小栉田那里拿到了。"

池颇为得意地拿出了装饰着粉色彩带的巧克力盒子。

"这么说的话，应该所有男生都收到了吧？我也拿到了。"

"虽然收到巧克力是件值得高兴的事情，但说到底这不过是情义巧克力啊。"

她应该没有给一年级所有男生送巧克力吧，但事实究竟如何呢？

栉田这个人的话，就算这么做了也不奇怪。

总而言之，我感到了男生对巧克力的热情，他们应该也不是不知道这样小孩子气的举动会让女生敬而远之。

缺少恋爱经验的 C 班，无可避免地成了这个样子。

算了，能不能收到巧克力还是要看平时的为人。

这不是一时半会能改变的。

看着递给明人巧克力的 B 班女生，我这么想。

2

"明天十五号将按计划举行所有科目的非正式考试，和我之前说的一样，考试结果和成绩没有关系，只是为了测试你们现在的实力，同时也是之后期末考试的一个预习。虽然不会出现完全一样的题目，但有不少类似的，大家可不能因为升到了 C 班而疏忽大意。"

茶柱的说明给我们提供了有用的信息，说明结束后她宣布今天的课程到此为止。

我旁边的人开始收拾东西，我决定问一句：

"你最近和栉田怎么样？"

"什么怎么样？"

"就是相处得顺不顺利。"

"我正拼命和她改善关系，你要帮我吗？"

"我就问一下。"

"她也在慢慢发生改变。"

"此话怎讲？"

"这之后我要和她去榉树城喝咖啡，平常她都会毫不犹豫拒绝的。"

看来是只有"表面上"的进展。

"你的愿望实现了吗？"

"或许好好谈过后就能相互理解了。"

"那就好，再见。"

我短短回她一句，站起身。

"……什么鬼。"

听到她的奚落，看向我的眼神中还带着点鄙视，我不再看她。

很快堀北也起了身。

"啊，铃音，那个……你什么时候教我学习？"

"你可真是积极呢，须藤同学。"

"那是，毕竟不想退学。"

须藤说道，但样子有些焦躁不安。

目的自然是来自堀北的情人节巧克力。

"我从今天开始也可以。"

可是……

"你的社团活动还没有结束吧？非正式考试之后也不晚。"

须藤的计划算是泡汤了。

我走出教室。

绫小路小组邀请我一起出去玩，但我拒绝了。

我现在还留着必须解决的问题。

"清隆同学！"

叫声回荡在走廊，但声音的主人在有意控制音量。

"怎么了，爱里？"

"你今天真的不来参加小组聚会吗？"

"嗯，是的。"

"这样啊，你晚点来也没关系。"

"……我要去也只能六点之后了。"

"嗯，大家多半会一起待到那个时候！"

"我知道了，那我再联系你，好吗？"

听到我的这句话，爱里刚刚一直有些僵硬的表情转变成了笑颜。我暂时向她告别，走到 B 班门口，发现教室里面异常安静。

我能搭话的 B 班学生极其有限，其中神崎是最佳人选，或者集训时一个组的墨田和森山也行。

但不凑巧，那三个人已经离开教室了。

要是能随便找个人问就好了，但这也行不通。

我决定掉头回去。

可这时，有女生从 B 班走了出来，我听到了她们的聊天内容。

"你说……今天小波请假的原因会不会是……"

"怎么可能？"

短小的对话。

一之濑请假了啊。

这是偶然吗？还是说，就像她们刚刚聊的那样，和前几天的事情有关？

我一边离开 B 班，一边思考。

说起来，一之濑的秘密为什么会被坂柳握在手里？

确实存在冷读法和热读法这种将对方的秘密引出来的谈话技巧，但是一之濑应该不想把自己偷东西的过往公之于众，她到现在也还在否认就是证据。

她是因为受了作为最大敌人的 A 班学生的多次诱导才说出来的吗？

池和山内的话可能会这样，但一之濑头脑聪慧。

"她是上了坂柳的当吗？"

或者还有其他知晓一之濑秘密的人？

可 B 班里她最信任的神崎看样子也不知道。

看她好朋友的反应也不像知道这件事。

学校的教员，或者是……一之濑所属的学生会。

"可能是南云抛弃了一之濑，选择了坂柳。"

不过说到底，这仅限于现阶段几个假设都正确的情况。

就算神室所言皆是事实，也不能作为证据来使用。

能够推翻这个大前提的只有一之濑本人。

学校虽大，在世人眼中不过是狭窄的学校建设用地。

和别人见面进行密谈的时候，必须注意旁人耳目。

黎明或深夜，多半会在这两个时间段进行。

我并不知道一之濑的房间号，但很容易搞清楚，直接给宿舍管理室打电话问就可以了，校方没有理由把学生的房间号当作秘密，只要说是想联系同学，基本上都会告诉你。

我边走边打电话，很快就知晓了她的房间号。

我感觉到了桥本的存在，他保持一定距离跟在我身后监视着我，但我选择了无视。

最近，桥本经常在白天和傍晚跟踪我。

桥本的距离感不差，应该跟踪过许多人。

在被人尾随时特意去找一之濑，这乍一眼看上去好像没什么好处，但事实正好相反，正因为被尾随，这个行动才有价值。

想早点回到宿舍确认一之濑情况的我，来到了一之濑所在的楼层，但不走运的是一之濑的房门前站着好几个女生。

是和一之濑关系颇为亲密的女生。

我立刻转身又进了电梯。

今天就算了吧。

3

五点，我把惠叫到了离宿舍有一定距离的地方。

这里虽然没什么人影，但并非完全不会有人来。

"好冷，为什么要在这里会合？地方多得是吧。"

"总不能在一楼大厅见面吧？众目睽睽之下接触的话，会产生奇怪的流言，你也不想吧？"

"也是……可这样偷偷摸摸见面不更加引人注目吗？要是不小心被发现了，感觉也会产生流言蜚语……"

"不必担心。"

"你说什么就是什么吧……"

这样就可以，那个尾随我的男生应该也能坚持长时间的跟踪。

"话说，这也太冷了，快点到夏天就好了。"

"到了夏天不是又会期待冬天吗？"

她思考了一下。

"女生就是这个样子的。"

轻井泽撒了一声娇。

"对了，这个月似乎没有特别考核。"

"刚集训完，没有也很正常。"

"那还挺轻松的。"

"你期末考试有把握？应该会很难。"

听我说完，她的动作明显僵硬起来。

"欸……不会吧？"

轻井泽勉强通过了一直以来的考核，但学力测试不容小觑。

"你教我学习吧。"

"你去拜托平田吧……但似乎有点难度啊。"

分手后还厚着脸皮去求人家，惠应该还是做得到的，但她好像不太愿意那么做，直直地盯着我。

最轻松的方法是把她拜托给启诚，不过这也不太现实。

突然把她放到我的小组里，一定会产生问题的。

"让我教你的话就得到半夜了，可以吗？"

"总比退学好。"

没错。

"那我定一下计划。"

"拜托了。"

可是，就算通过了期末考试，还会有新的问题出现。

在接下来的三月初恐怕有一个大型的特别考核在等着我们。

平安度过考核才能迎来一年级的结束。

要打起精神坚持战斗到最后一刻。

"所以你找我有什么事？"

她有些心神不定。

"你怎么了？"

"没事，我在想你是不是希望一定要在今天和我见面。"

"不一定非得今天，只是有事情想尽早确认。"

"是吗？"

她的眼神中带着一丝怀疑。

我没有在意，立刻切入正题。

"你见过这个号码吗？"

我把前几天接到的那个陌生来电给她看。

"欸，什么？不认识的人打过来的？"

"是的。"

惠点开手机的拨号界面，手动输入那个号码。

如果她之前存过这个号码，输入完毕后通讯簿中会出现那个人的名字。

"似乎你也不认识。"

"虽然我掌握的联系人比一般学生要多，但里面几乎没有高年级学生。"

我抱着说不定能碰上的心态向她确认了一下，果然还是希望渺茫。

"你再回拨过去不就好了？"

"我试了好几次，对方关机了。"

"嗯……如果很重要的话，我去调查一下？"

"嗯，今天找你来也有这个原因，但是，不要贸然给对方打过去。"

惠点了点头，记下了号码。

"就这些？"

"嗯，再见。"

我想早点结束，可惠又慌忙留住了我。

"啊，对了，我有点事情和你说，可以给你出个问题吗？"

就要分开的时候，惠走近我，提了个奇怪的问题。

"今天是什么日子？好，五、四、三……"

"……这也太简单了，反而让我觉得那个答案不对。"

"别纠结，直接说答案。"

"情人……"

"正确。"

嘭，感觉有一个很轻的盒子碰上了我的脑袋。

"这是给我的？"

"本来是给平田同学准备的，但现在没必要给他了。"

"给平田准备的啊。"

"怎么，有什么不满？"

"没有，就是觉得你准备得可真早。"

惠决定和平田分手已经是一个多月以前的事情了。

"啊，那是我准备得周到，就算决定要分开了，还是有必要先准备，算了，没谈过恋爱的你应该不懂这种事情。"

也许是这样的。

"你明明觉得有可能从我这里拿到巧克力才特意选了今天见面。"

"抱歉，我完全没有这么想过。"

惠的脸上稍微带了些怒意，但很快就恢复了正常。

"有其他女生给你吗？"

惠又换了问题打趣我。

"一个也没有。"

我觉得不管有没有收到，这里都应该这么回答。

"哇哦，零这个数字挺适合你的……"

她立马吐槽道。

"这样可以吗？你给了我的话，就不是零了哦。"

"你也挺惨的，就当是我对你的救济吧！"

相当高高在上的感觉。

"啊，回礼的价值不用太高，是这个的一千倍就行。"

又是荒唐至极的玩笑话。

"还有一件事……"

想再度转变话题的惠。

但是她看着我的眼睛，又把到嘴边的话咽下去了。

两人近距离对视。

她在我的注视下慢慢移开了视线，转身向着宿舍的方向。

"那我就回宿舍了。"

"嗯，再见。"

我立刻将礼物收到了书包里。

暧昧

对于桥本正义来说，在谁手下做事，不过是个小问题。

不对，甚至可以说他完全不在意。

不管是坂柳当领导人，还是葛城当，利用对自己有利的那一方即可，仅此而已。好在一开始就被分入了A班，但他也考虑过在中途落入B班和C班的情况。

重要的是占据在最后阶段能够翻盘的位置。

因此，他早就与得势的龙园翔接触，感受到了这个男人的可能性。

龙园是能够打败坂柳和一之濑的人才，拥有不容小觑的实力。在必要的时候，桥本毫不犹豫地将A班的信息泄露给了龙园。他确实一直在坂柳麾下做谍报工作，但是，当龙园势力登顶时，就算背叛坂柳，他也在所不辞。

他同样也盯上了B班的一之濑，但她和龙园、坂柳不同，即使私下接触也没有用。桥本没有强行走这条路，而是选择了从外围下手，选择了平时与她关系亲密的B班学生，虽然不至于让他们背叛一之濑，但建立了一定的联系。

这就是桥本在入学后立刻构建起来的各班关系网。

为预防不测，上越多保险越好。

他今天也同样要为预防那种"不测"而做准备工作。

"桥……桥本同学，你现在有时间吗？"

放学后的走廊，班里一个名叫元土肥千佳子的女生叫住了桥本。她和桥本同属于网球部，看到桥本出了教室后追了上来，样子有些兴奋。

还没等她开口，桥本就明白了眼前的状况。

今天是二月十四号，这样的事情已经发生了好几次。

但他没有表现在脸上，自然也没有说出来。

"怎么了，元土肥，找我什么事？"

听到桥本温柔的询问，元土肥定下心，开口说道：

"这个巧克力给你，今天是情人节。"

她说着将巧克力递了过来，桥本立刻收下。

"谢谢，我很高兴。"

"太……太好了。"

桥本早就意识到了元土肥对自己有好感，这十有八九是本命巧克力吧。桥本有告白一发必中的自信，但他并不喜欢元土肥，觉得对方不过是个不好不坏且没有利用价值的人，和她交往的益处为零。

"你偶尔也去社团露个脸嘛。"

"抱歉，最近太忙了。"

"前辈都没想到你会这么久不来。"

"哈哈……总之，下个月的白色情人节我会好好回礼的。"

"嗯嗯！"

元土肥红着脸点了点头，害羞地跑开了。

虽然交往的可能性为零，但桥本还是留了一手。

今后事情有可能发生改变。

桥本为了挽回耽误的时间，加快前往 C 班的步伐。

现在有一个比元土肥重要得多的人。

C 班男生，绫小路清隆。

"我为什么会这么在意他的事情呢？"

连他自己都觉得不可思议。

在集训之前完全没有注意过这个人，只是大概知道个相貌，记得他在体育祭的时候和原学生会会长展开了竞争异常激烈的接力赛，但也仅此而已。仅凭跑步速度之快的优点难以颠覆对一个人的评价，连能够迅速掌握各种信息的坂柳和龙园好像都没有特别关注绫小路。

但近来发生了一件让他对绫小路改变看法的事情。

学生会会长南云雅那一番奇怪的话，说绫小路深受堀北学赏识，这着实让人摸不着头脑。本想把它当成玩笑话，但没能这么做。

现在想起来，那是有征兆的，为什么原学生会会长会和绫小路直接对决？

那恐怕不是单纯的偶然。

会不会有不为人知的原因，让绫小路不得不以那样的形式展现自己的实力。

这样的疑问接二连三地冒了出来。

还有龙园被石崎他们打败的事情，也还没厘清头绪。现在的 C 班在刚开学的时候还是妥妥的垫底班级，可现在正慢慢缩小和前面班级的差距。

难道这一系列的事情绫小路都参与其中……

"难道他的实力凌驾于坂柳和龙园之上？"

现在还很难说。

这也是自然，现在还处于怀疑阶段，是过分的幻想，缺少决定性要素。南云的话不过是缺少事实依据的玩笑话，体育祭接力赛背后的所谓真相也不过是桥本自己的想象。

所以，他为了搞清楚事情的真相而展开了行动。

一边在坂柳的指示下散播有关一之濑的谣言，另一边利用空余时间，跟踪绫小路，进行调查。

终于走到了 C 班，可已经不见绫小路的身影。

"绫小路他从不磨蹭呢！"

可能是因为交友范围窄，绫小路下课后很少留在教室里。

他今天也和三宅还有幸村等关系好的组员待在一起吗？但在看到留在教室里的幸村和佐仓后，他暂时排除了这种可能。

"哟，平田。"

继续贸然观察 C 班，可能会引起别人的注意。

桥本立刻向还未前去参加社团活动的平田搭话。

"呀，桥本同学，有什么事吗？"

"我来确认一下你有没有交到新女朋友。"

"怎么可能？我现在不考虑交女朋友的事情。"

"还在疗伤吗？"

"哈哈……对啊。"

"那我下次再问你，对了，我正在要集训小组成员的联系方式，轮到绫小路了，他已经回去了呢。"

"你没碰到他吗？他刚走一两分钟……"

就晚了一会儿，应该马上就能追上。向平田道过谢后，桥本立马向玄关进发。

快到期末考试了，桥本也不能每天只干跟踪这种事，他希望早日搞清事情真相，调整状态，全力准备考试。

"差不多该让我抓到点什么了。"

一旦有机会就下手，他出于这种打算，尾随绫小路。

运气不错，绫小路正在玄关前摆弄手机，是在等人吗？还是在单纯消磨时间？不管如何，事情的展开对桥本来说算得上好运连连。

绫小路正频繁操作手机，和某人联络。是三宅他们？或者是桥本不认识的人？这一点无从得知。

唯一可以确认的一点就是，绫小路是个很好跟踪的人。

桥本此前跟踪过许多学生，葛城、龙园、神崎，偶尔还会有一之濑，他们都不是随随便便就能被跟踪的人，两天里能跟在他们后面一次就已经谢天谢地了，运气不好的时候，近一周什么情报都搜集不到。

但是，绫小路每日的行动颇为单调，交友范围也极其狭窄。

所以也可以先到固定的位置等他，更重要的是他完全没有戒备。

也没有注意身后的情况，更没有发挥感知能力。

即使如此，桥本也没有疏忽大意，骄傲自满。

小心谨慎，和他保持好距离。

同班同学的清水直树给桥本打来了电话。

"喂，怎么了直树？"

"不是……今天早上的事情……真是糟透了。"

"啊，别放在心上，班里有些人嘴比较碎。"

桥本所属的 A 班在今早发生了点事情，清水向一个名叫西川的女生告白被拒的事情在班里的女生中间传开了，估计是西川不小心把被告白的事情在朋友面前说漏了嘴，然后越来越多的人都知道了，这是常有的事情。

"过于在意的话，小心以后变得不敢和别人表白了。"

"话是这么说……西川那个家伙真是不可饶恕。"

"我很想听你吐吐苦水，但现在稍微有点事情。"

"这样啊，抱歉。"

桥本和对方约定晚上再通话后，挂断了电话。

"谁让你在还没有绝对把握的时候就表白了呢。"

决定好之后再安慰清水，桥本跟在了要回宿舍的绫小路身后。

"他要是这么直接回去的话，今天就又没有收获了。"

如果说跟踪绫小路有一点不好，那就是平淡无奇吧。

可是，电梯过了绫小路房间所在的四层，继续往上升。观察了一会儿监控，发现他在女生所住的楼层下了电梯。

"这似乎是……一之濑所在的楼层？"

这也有可能只是偶然，绫小路说不定要和别的女生见面。

可这个时候让人无论如何都会联想到一之濑。

"不过，就算他要见的是一之濑，也有可能只是单纯的看望……"

绫小路交友范围再窄，一之濑可是在全年级都深受欢迎的学生。

她和绫小路是朋友也没什么好惊讶的，更何况一之濑甜美可爱，绫小路说不定就抱着些许期待前去慰问了。

但绫小路很快就回到了电梯里，不久，电梯停在了绫小路房间所在的四层，他出了电梯。

"这是怎么回事？"

让人摸不着头脑的行为。接着监控里出现了B班的女生们，她们从一之濑所在楼层进入电梯，桥本推断绫小路是正好撞见了她们先一步前去探望，所以才掉的头。

为慎重起见，桥本立刻乘坐电梯前往四层，但绫小路的身影已经不见了。

几乎可以肯定他回房间了。

"到头来还是一无所获。"

本打算今天就跟踪到这里的桥本，决定待在大厅再看看情况。

现在时间还早，很有可能他这之后会去接触一之濑，或者和别人约好出门。不管他是上是下，只要进了电梯就都能在监控里看到。

桥本的小心谨慎让他在一小时后有了收获。

绫小路乘电梯向下移动。

他还穿着校服。

"又去学校？"

回家了以后又特意出来，这不符合常理。

假设他要去附近的便利店，不想换衣服耽误时间，倒也能说得通，可他手上还拿着书包。

桥本立刻起身，藏在逃生梯处。

"期待这是个有趣的展开。"

好像是老天听到了桥本的呼唤，绫小路在出了大厅后，走向了人烟稀少的地方，这下至少可以排除学校和便利店了，那么他要和谁会面？不对，他前往的地方并不适合单纯见朋友。

所以他要干什么？要见谁？这让人期待万分。

可以确定他要和某个人见面。

如果是堀北原学生会会长，或者是龙园就有好戏看了。

可事情完全没按照桥本的期望展开。

"喂喂，不会吧……"

出现在和绫小路会面地点的，是一年 C 班的轻井泽惠。

因为最近和平田分了手，还在 A 班成了个小话题的女生。在此之前她和桥本没有任何接触，但她的出场还是让桥本难掩惊色。

扑面而来的无力感，被背叛了的期待。

这和绫小路的"内幕"没有任何关系，只是单纯的恋爱事件。他的脑子正要自动接受这样的设定，可总觉得两人的关系超越了朋友的范围。

桥本碰到过几次平田和轻井泽约会，那时没有感受到的高"恋人匹配度"和"亲密度"在眼前这两个人身上展现了出来。

"……搞不懂，为什么会是绫小路？"

说来，是哪方表示出来的好感呢？或者是两情相悦？这种问题再怎么推理也得不出答案。更何况恋爱这种东西本来就没有正确答案，客观地将平田拿来和绫小路作比较，感觉有百分之八十的人都会选择平田，但也还有剩下百分之二十的人会选择绫小路。

也就是说一百人里，至少也有二十人会选绫小路。

所以……

"绫小路在频繁联系的人，就是轻井泽？"

但他很快转变自己的想法，现在在脑子里下的结论不过是个人的想象，不再多搜集些信息的话是无法做出正确判断的。此地荒凉，不可贸然接近，因此也听不到谈话的内容。

"该怎么办呢？"

桥本一时间不知如何是好，可是……

两人的状况发生了变化。

"巧克力？"

轻井泽将手上的东西递给绫小路。在二月十四号，偷偷摸摸递给对方的东西，不用看心里都有数。

这样的话，至少轻井泽对绫小路是有好感的。

"算了，不管怎么样，今天就到这里吧。"

和想知道的消息是无缘了。

下了这个结论，正要打道回府的桥本突然又停住了。

"趁这个机会……稍微做点什么吧？"

离期末考试没有几天了，这可以说是一个机会。

将无关的轻井泽扯进来，给绫小路施加一定压力，要是绫小路因此而露出什么马脚那就最好了，另一方面，要是什么都没有发现，或许可以认定绫小路不过是个普通人。

桥本做出这样的判断，加快速度走向绫小路二人。

1

身后的气息越来越近……速度不慢，很明显对方不打算就这么放过近距离接触的我们。

"哟，轻井泽，绫小路你也在啊。"

从大厅开始就一直悄悄跟在我后面的桥本。

"……他是谁？"

惠问我，看样子是不认识桥本。

"A班的桥本，之前的集训和我在一个组里。"

桥本随便向我打了个招呼就向惠走来。

"男女生在这种地方见面，绫小路，你很有一套嘛。"

知道他早晚会来和我接触，但没想到是在这个时候。

那就让我也利用一下这个机会吧。

"我们没做什么事……"

"别藏着掖着了，今天是情人节，不是情侣的男生女生约一下也没什么的，你实际上也收到了吧？"

他也看到了我收下后立马装进了书包里的巧克力。

"收到巧克力只是偶然，我们俩并非出于什么特殊目的见面。"

我否定道。桥本嗤笑一声，看破了这个借口。

"不不，你从一开始就知道能收到巧克力不是吗？那个书包。"

"书包？"

"明明回了一次宿舍，一般人是不会特意义把上课用的书包再带出来的吧。"

"……不是，我本来要去图书馆，只不过在那之前轻井泽叫我出来，就顺便答应了。"

"所以……这只是偶然？"

我对着桥本点了点头，从书包里拿出两本书给他看。

"呃，不管怎样结果都是一样的，你收到了轻井泽的巧克力。"

对于桥本来说，是不是我主动接触的，这无关紧要，关键在于我从轻井泽那里收到了巧克力这一事实。

"我不太明白……这有什么问题吗？"

"轻井泽是被你身上哪一点所吸引了，我单单对这个问题感兴趣，她的前男友可是学校里人气数一数二的平田哦？毕竟她为了你，把平田都甩了。"

所以，他是对事情的发展经过感兴趣。

一直沉默着听我们说话的惠开口了。

"啊，对不起，那什么，这是个误会。"

"误会？"

"对，这个巧克力原本是给平田同学准备的，但是丢了的话又浪费，想着把它送人，所以就随便叫了绫小路同学出来。"

"那么亲密地赠送巧克力，只是随意之举？还是在这种地方？抱歉，我没办法这么想，你这谎话未免也太明显了吧。"

桥本笑道。看到他的样子，惠表现出了明显的怒意：

"什么？你突然出现，还一个劲在这儿滔滔不绝，到底是要干什么？"

惠突然看向桥本的眼神里充满了威慑。

"我只是想知道事实真相。"

桥本有些被镇住了。

但我们的解释没能完全掩盖住所有不自然的点也是事实。

我需要转换方向。

惠能否配合好我，就要看她的能力了。

"够了，还是说实话比较好，轻井泽，我觉得再隐瞒下去的话以后会更麻烦。要是被'这个家伙'认为我们在交往就不好了吧？"

我把接力棒抛给惠。

她没有犹豫，直白地叹了口气。

"啊，真是的，我话说在前头，不要把这话传到外面去哦？"

她拿手指着桥本。

"我只是把巧克力托付给绫小路同学，目的是希望他能把它转交给我喜欢的人。"

"绫小路是个中间人？"

"是的，你懂了吗？"

桥本还是一脸的不相信。

"所以，那个巧克力要给谁？"

桥本继续追问。

"什么？我怎么会把这个告诉第一次见面的你，我又不傻！"

惠气势汹汹，看不出来是在撒谎。

"理是这么个理。"

本来略微惊讶的桥本，不好意思地低下了头。

"这不是你低头道歉就能解决的问题，以后能不能想好了再说话。"

"……这样啊，看来是我搞错了，抱歉，我想着你们两个是不是互相喜欢，不由得胡乱猜想了一下。"

"而且这件事明明和你没关系，为什么要插一脚进来？"

"关于这一点，并不是和我没关系哦。"

"嗯？"

桥本走近正在生气中的惠。

将她逼到墙边，用胳膊围住她。

"等一下，你要干什么？"

"我很早之前就对你有好感，和我交往吧，轻井泽？虽然不知道你新的暗恋对象是谁，既然你还没给他巧克力，那就说明你还没告诉他，对吧？"

桥本表示自己现在提出来也为时不晚。

"你在说什么啊……你觉得我在这种情况下会同意？"

"恋爱就是因为没有确定性，所以才有趣，不是吗？"

他尖锐的视线瞬间瞄准我。

他是想通过这种方式，来点燃我心中的某种感情。

"那我就先走了。"

"等等，我也要回去。"

惠使劲推开桥本。

"你可真是无情。"

桥本脸上带着不甘心的苦笑，但看样子不会再做什么了。

不如说他已经对惠失去了兴趣。

但情况是这么个情况，惠做出吓蒙了的样子，故意叹了一口气后离开了。

"不好意思啊，我突然横插一脚。"

"没什么。"

桥本一边道歉一边掏出了手机，我和他交换了联系方式。

"那我差不多也往回走了，再见，绫小路。"

如暴风雨般降临，又离去的桥本。

他是觉得已经收获颇丰了呢，还是害怕再深究下去呢？

无论答案是哪一个，在桥本的心中我都会作为一个身份不明的人继续存在。

这个状况持续下去的话……

我决定先去一趟图书馆，和在那里等候已久的日和会面。

之后还要见另一个约好在学校见面的人。

2

回家的时间比预计的晚了些，没能和小组会合。

快七点时回到房间，发现门口放着纸袋。

我打开纸袋发现里面是两个包装不一样的盒子，一个方形，一个圆形，盒子上分别手写了名字，这是来自波瑠加和爱里的情人节巧克力。

她们在群里说过这件事，明人和启诚也收到了同样的东西。

我进到屋内，将巧克力摆在桌子上。

"没想到最后收到了五个……"

惠、爱里、波瑠加、日和，另外还有一个。

装饰着粉色缎带的可爱的巧克力盒。

过了晚上十点，我穿着连帽便服来到走廊。

进入电梯内。

里面设置的监控探头拍不到我的脸。

这是为了以防万一，本来想在别的地方见面，但对方因为身体不适而请假休息在家，就只能这样了。

现在这个时间对方已经入睡了也不奇怪，但我从堀北那儿拿到一之濑的联系方式，给她发去信息后，得知她还没有睡觉。

只不过我并没有说我要去她的房间。

我来到一之濑所在楼层，站在门前，按下门铃，十秒、二十秒。

里面没有传出声音，我再一次按下门铃。

半夜的到访自然会使一之濑感到困惑。

三十秒过后，我开了口。

"一之濑，是我，绫小路。"

现在已经过了门禁，我长时间待在这个楼层会有麻烦。

一之濑应该也懂得这个道理。

她不会随意让对方置身危险境地。

"……绫小路同学，有什么事吗？"

一之濑的声音穿过房门传到我的耳朵里，软弱无力。

"咳，咳！"

紧接着的是屋内的咳嗽声，光凭声音很难断定她是不是真的身体不适。

"我有些重要的事情要和你说,想直接见面打扰一下,可以吗?"

"嗯……那个……"

"说实话,现在要是被其他女生看到了就麻烦了。"

我给她施加了一定的压力。

"等一下。"

没过多久就听到了开锁的声音。

门开后一之濑情绪低落的程度,令人难以置信。

"你怎么不和我提前说一声呢,绫小路同学?"

她戴着口罩,明显是不舒服。

看样子不是在装病。

"抱歉,强行登门,你看上去不太舒服。"

"嗯……我不小心把身体弄坏了……"

"对不起,在这个时候来找你。"

"没关系没关系,烧已经差不多退了,就是睡太多肚子空空的不舒服。啊,抱歉,能不能戴上口罩?"

为了避免把感冒传染给我,一之濑递出了口罩。

我虽然属于免疫力高的那种人,但事无绝对,要是轻率拒绝,到头来被她传染了,一之濑会很自责。我立刻同意,戴上口罩。

"去医院了吗?"

"白天的时候去了。"

一之濑因为流言而装病请假。

大部分学生都这么想，但看来事实好像并非如此。

她纯粹是因为身体欠佳。

"你是担心我因为流言而没去上学的吧，谢谢。"

"呃……"

我的想法被她看穿了啊。

"生病后，见的第一个人就是绫小路同学哦。"

"这样啊。"

"发高烧的时候有同学来看我，但因为太难受了就没让她们进门，那之后，其他朋友好像以为我心情不好，就没有再来。"

晚些时候才联系她的我，反倒成了第一个会面人。

虽然一之濑确实是因为身体原因才请假的，可她一直以来都特别注意管理身体，更何况临近期末考试，正是要保重身体的时候，这次的感冒十有八九是因为内心的打击所造成的免疫力低下而导致的。

"我不会被那点小流言打败。"

只是她自己不愿意承认这一点。

"你真坚强。"

"说不上是坚强……啊，对不起，门还是关上比较好呢，刚刚通了通风，有点冷……你回去以后一定要好好洗手和漱口哦。"

"嗯。"

为了避免干燥，房间里启动了加湿器。在低温干燥的环境下，飘浮在空气里的感冒病毒会增多，因此提高湿度，创造出一个容易让病毒落到地面的环境。要是不注意这一点，就会拖延感冒，或增加传染感冒给来探望的客人的可能性。冬天空气干燥，感冒怎么也好不了，主要就是这个原因。

最近女生来我的房间、我去女生房间的次数颇多，但不可思议的是全都和恋爱没有一点关系。

"怎么了？"

看到我一直盯着加湿器，一之濑有些疑惑。

"抱歉在你休息的时候来打扰你。"

"没有，真的没关系，本来不见面更安全，但让人知道我是真的感冒了也很重要。"

她是不是在装病呢？

一之濑也知道大家心里都有这种臆测。

就像为了证明什么一样，她给我看了手机。

是和堀北的几次聊天记录。

那个家伙也在用自己的方式持续关心着一之濑。

我没有再多说下去，见机离开了房间。

3

非正式考试的日子到了。

早晨，全班所有人都把精力集中在考试上。

可教室里并非清一色都是在学习的人，叽叽喳喳，

好不热闹，可也没有读单词和预习的声音传到耳朵里，
全是与考试无关的话题。

"大家相当不平静呢。"

"那是当然，今天早晨可是有不少不得了的流言。"

"不得了的流言？有关一之濑的后续？"

"不，是为了扰乱我们 C 班内部秩序的新流言。"

"新……流言啊。"

教室里动乱不安，很明显事情并不一般。

"对了，绫小路同学，和你也有关系。"

堀北将手机屏幕面向我。

四个流言内容写在了备忘录里。

"这又是……"

·绫小路清隆喜欢轻井泽惠。

·本堂辽太郎只对丰满的女生有兴趣。

·筱原皋月初中时卖身。

·佐藤麻耶讨厌小野寺伽耶乃。

流言的内容与倾向相似，包括我在内四个人的名字
被列了出来。

"这是从哪里传出来的？"

"你知道学校为各班准备的告示板吗？"

"手机软件里的那个对吧？"

查询点数余额之类的时候需要登录学校制作的软件，那里有供学生自由使用的告示板，不过因为手机上有各种各样方便的聊天软件，几乎没有人用那个。

"居然会有人看那上面的东西，第一个发现的人是谁？"

"我来教室的时候就已经传开了，估计是教室里的同学偶然在软件里发现的，毕竟告示板的内容更新的话，手机会有提示。"

告示板不仅限于班级内部使用，还有许多用于聊天的告示板，因为大家都可以访问，很有可能已经被其他班看到了。

"这次的手段和之前不一样了，你不在意吗？"

"不管是不是同一个人做的，扩散手段有无数个，再怎么思考手段的不同也没什么用不是吗？既然都被这样写下来了，那也就不是能隐藏下去的东西了。"

"对了……"堀北先说了一句，"为慎重起见我问一下，这是真的？"

"不是真的。"我立刻否认，"知道我和轻井泽关系的人本就少之又少。"

"你能想到什么线索吗？"

"也不是没有。"

我大概讲了一下昨天见到桥本的事情。

"散播一之濑谣言的人如果是桥本同学，那把你和轻井泽同学的事情扩散开的或许也是他。"

"但是其他人呢？搞清楚的方法有限。"

"也是……"

能直接弄清楚流言背后真相的学生……

"喂，筱原，你以前卖过身？！"

不识趣的山内在笑着大喊大叫。

"怎……怎么可能！"

筱原慌忙站起来，用尽全身力气否认，又难为情又生气。

"那给我们看看证据。"

"证据……这要怎么证明啊！"

不嫌事大的人向刚来教室的学生介绍最新情况。

算了，反正早晚都会知道。

"你说这是假的，那写在告示板上的所有东西都是假的，都是被编撰出来的咯？"

听着山内和筱原的对话，有人提出自己的想法。

"怎么办呢……只能像山内那样向每一个被列出来的人确认吧。"

可常人做不到残忍揭开别人想隐藏的伤疤。

"这不是傻吗？居然有人相信连出处都不知道的流言！"

筱原将怒气发泄在山内身上，大家也能理解她想否认的心情。

被写下这种流言还依旧淡定，那才叫奇怪。

"可是……大家不觉得这里写的事情特别真实吗？"

"闭嘴吧你，春树！"

山内不依不饶，池走到他身边抓住了他的肩膀，逼他停下来。

"你……你干吗？筱原平时一副高高在上的样子，这不正好是报仇的机会嘛。"

"什么报仇……这种流言肯定是假的啊！"

"你不懂吗？那种丑女反而会在背地里做坏事。"

山内并不考虑池的心情，继续大放厥词。

"啊，对了，池你其实很喜欢筱原吧，只是不想承认……"

"春树！"

池抓住山内的前襟。

"你们两个停下来！"

须藤看不下去了，使劲将两个人拉开。紧接着，走进教室的平田立刻察觉出了空气中异样的氛围，向女生打听事情发展的经过。

山内转变对象，不再继续攻击一个劲儿否认的筱原。

"那本堂……你真的只喜欢胖的？"

"不，不是！假的！一派胡言！绫小路你不可能喜欢轻井泽吧！"

本堂自然也对流言加以否认，然后逃命似的来向我寻求帮助。

视线瞬间集中到我这里，还好和惠玩得好的人基本上都还没来学校。

我点了点头，本堂立刻尖叫着向山内表示自己没撒谎。

"啧，什么啊，全都是假的呀。"

三个流言被当事人全部否认了，局面就要暂时稳定下来的时候。

"但是……佐藤同学好像确实不怎么喜欢小野寺同学吧？"

前园嘟囔了一句。小野寺还没来，这或许是她无意中说出来的。

"前园同学，别……别这么说！"

佐藤慌忙阻止前园，但已经晚了。

"这么说来，好像确实没见过佐藤和小野寺在一起玩？"

"那……那是因为……"

局面逐渐发生转变，流言难以被认定为虚构。

这时，须藤在确认了已经将池和山内拉开了以后，向堀北和我走来。

"绫小路你真的喜欢轻井泽？"

"不，不喜欢。"

"哼，对我来说，就算是真的也挺好的哦，铃音。"

"什么意思，须藤同学？"

"没事，我刚刚不小心听到了你们的谈话，我可以提供帮助。"

"怎么帮？"

"我神经大条，可以像春树那样直截了当地到处问。"他表示道。

这次的事情，或许可以将须藤作为武器，用来挑起话头……

还有，他既然听到了我们的谈话，那应该也听到了我否认喜欢惠。

"你不要去做那些会降低他人对自己评价的行为，周围人对你的评价并不高，现在正是你要努力去提高的时候。山内同学就因为那些不经大脑的发言，大大降低了在班里的地位……"

现在有一种他一下子超过了原来最招恨的须藤的感觉。

更何况和他关系最好的池都对他生气了。

"也许是这样吧……但我也想起点作用。"

须藤看了我一眼，但又立刻移开了，因为他多少察觉到了堀北有好多事都和我商量。当然了，他应该也明白我们两个的座位紧挨着，所以说话相对容易些。

"那你就看着山内同学一点，不要让他再到处乱说话。这次的流言里，要是有那么一个好的流言，事情就好办了，但偏偏全都是针对个人，而且麻烦又难办。本堂同学也是，精神上可能受到了伤害，你能安慰他一下吗？"

"……好吧。"

须藤觉得有些遗憾，但老老实实地答应了下来。

等须藤离开后，堀北又把话题转了回来。

"这恐怕又是坂柳同学的手段吧，不满足于一之濑一个人，对我们C班也用了同样的手段，而且还同时对好几个人下手，我觉得她这是在期末考试前想要动摇我们的军心……怎么做？"

"什么也做不了，有什么办法来解决这些流言呢？我们越否认，周围人越怀疑这是真的，浮想联翩，而我们承认的话，还是会有人继续叽叽喳喳，装出一副很懂的样子。关于我的那个流言还算温和，可对有些学生来说，一旦虚假的事情被认定为事实，所要承受的危害是巨大的。"

"……是啊，也许是这样。"

可能经过了设身处地的思考，堀北看着本堂和筱原，点头表示赞同。

"可是这种手段从某种角度来看不符合规定，你不想反击吗？"

"我不是很在意。"

"火都烧到自己家门口了，你还打算一直就这么看着，什么也不做？"

"还没到着火的程度，呃，对轻井泽来说可能又不一样了。"

"所以你不在意？"

"嗯，不在意。"

她可能想看到我手足无措的样子。

脸上少见地露出了稍微有些遗憾的表情。

"不过还好，流言没有反过来。"

反过来。如果流言是反的，内容是惠喜欢我，而且刚和平田分手就喜欢上了别的男生，那么各种各样的臆测将会漫天飞舞。

就算不是真的，也会有人将它认定为事实，在某些人眼里，虚即是实。

"但是……不能一直像你这样什么都不做。"

"嗯。"

就算放任不管，只要引起一定的骚乱，事情就会迅速升温。

山内想再问筱原和佐藤点什么，平田加以阻止。

"山内同学，告示板上写的并不一定都是真的，我们不应该伤害同伴吧？"

"可就像一之濑的流言那样，大家不是都知道了吗？那我们沉默着什么都不做，那事情不也一样解决不了吗？"

"不能这么断言，至少现阶段我们无法判断流言的真假，所以我们现在能做的就是不要被告示板的内容所迷惑，采取不必要的行为。"

男生和女生都对平田的意见表示强烈赞同，事情虽然没有彻底地解决，但至少成功稳定了局面。

堀北的手机上收到了一条信息。

"是神崎同学发来的。"

堀北浏览了一下。

"一之濑今天也没来。"

今天有非正式考试，就算身体再不舒服，也还是应该来参加一下，顺便检测一下自己的实力，毕竟一之濑是班级的领导人，肩负着引领同伴的责任。嗯，看她昨天的状态，身体可能也还没有完全恢复。

"还有一件事……B 班的告示板上也写了流言。"

"这么说来，他们也知道了我们班的事情吧。"

"好像是这样。"

堀北急忙登录软件，查看 B 班的告示板，那里有四个人的名字以及和我们班相似的流言，D 班的告示板也是一样。

"恰好只有 A 班什么流言也没有呢。放学以后有时间吗？我想多了解一点一之濑的情况，还想和神崎同学讨论一下如何解决这次的告示板事件。"

"嗯。"

我同意了。

"现在先集中精力在非正式考试上吧,这可是确认期末考试难易度、了解班级整体学习状况的重要机会。"

不过,和身处流言之外的堀北不同,当事人可是做不到这样全神贯注的。

和惠关系好的女生来到教室后,立刻聚到她身边,开始小声耳语。

然后就是偷偷观察我这边的情况,就像在看什么脏东西。

就算听不到,也知道她们在说什么。

绫小路同学好像喜欢轻井泽同学。

轻井泽同学,你是怎么想的?

这样的对话正在反复上演,然后惠的回复里必然带着"恶心""糟糕"等词语。

"你没事吧?"

"……挺难受的。"

再继续看着她们,就难免会听到那样的话,我移开了视线。

现在问题在于那些除我之外的流言当事人。

4

虽然教室里还残留着许多不满的声音,非正式考试已经准时开始了。

模拟考核内容对于期末考试来说至关重要。

与之前的考试相比难度要高。

但对于踏踏实实通过了之前考试的学生来说，还是能够不慌不忙地完成的，而那些踩着及格线、如履薄冰的学生则需要在模拟考核之后开始一轮艰苦的学习。

绫小路小组叫我去参加学习会，可因为今天和堀北有约，便让他们先开始，不必等我。神崎不希望引起别人注意，便约在非正式考试结束的放学后于榉树城集合。

在堀北的带领下，我们来到了神崎所在的位置，榉树城的南门。

这里是距离学校最远的地方，基本不会有学生来。

我虽然对班级等级之争没有兴趣，但作为一之濑的朋友心里还是有些担心。

能掌握一些信息也不是坏事。

而且，最近桥本还在继续盯着我。

我若接触 B 班，A 班必然也会采取一定的行动。

这对我来说是求之不得的。

现在桥本也正和我保持着适当的距离，一路跟到这里来了。

"连休了两天，而且还联系不到一之濑同学本人？"

"她的回复虽晚，但并不是一点反应都没有，只是告诉我，她感冒了身体不舒服。"

最近神崎的精神持续高度紧张，尽管一之濑已经说了好几遍要他别在意，但他应该听不进去吧。

身体不舒服确实也是原因之一，一之濑现在对与同学见面持消极态度，不想听人说起流言的事情。

"班主任说了什么吗？"

"班主任只告诉我们，她因为感冒所以休息。"

一之濑应该也只和班主任报告了这些。

神崎的表情忧郁，因为他在怀疑感冒是不是一之濑休息的真正理由，最近一之濑一直处于舆论的中心，他觉得原因可能是这个。

"去看望她怎么样？感觉直接见面可以把事情搞清楚。"

"几个女生去找过她了，但是没有见到她人。"

意识到情况并不乐观，堀北陷入沉思。

"但有一点是好的，她学力优秀，就算不参加非正式考试也不会有问题。"

一之濑这样生病的学生，之后可以拿到试卷，能从其他学生那里问到答案。

"我们并没有担心这一点，主要是放心不下一之濑的心理状况。"

堀北和神崎。

二人正在思考对策时，数个身影向我们靠近。

看来桥本已经向 A 班报告了这次密会的事情。

"听说一之濑同学今天也没有来学校呢，下周就是期末考试了，要是她一直休息到考试那一天的话……情况可能会很糟糕吧。"

"……坂柳。"

出现在我们面前，不对，是出现在神崎面前的坂柳一行人，里面有神室和桥本，名叫鬼头的男生也跟来了。

是坂柳派系的主要成员。

"到底和 C 班的同学在说什么呢？"

"和你无关。"

"我们好像不太受欢迎呢。"

"你要是想受欢迎，就不要到处传播奇怪的谣言，趁现在还能挽回。"

坂柳和同班同学互相对视，扑哧一声笑了出来。

"到底是怎么一回事呢？"

"就算你们散布了各种各样的谣言，也动摇不了我们 B 班的团结。"

"虽然不知道你们现在的状况如何，但我很是期待事情的结果。"

坂柳一行人只是直接来看看情况，但似乎据此判断出了谣言立竿见影的效果。

"不要在意，神崎同学，这全是坂柳同学的手段。"

"我知道。"

关心同伴、性格隐忍的神崎正置身于痛苦困境。

5

即使在放学后，流言的散播也没有停止。

"喂，喂喂喂！怎么回事啊，清隆？"

想回到宿舍，舒舒服服休息一下的我接到了惠的电话。

"什么怎么回事？"

虽然心里清楚，但还是故意反问了一下。

"你怎么会不知道！清隆，那个，喜……喜欢我的谣言都传开了？！"

"是谣言，别在意。"

"不，不对不对不对，就算是谣言也没办法视而不见吧，而且事情怎么变成这样？！"

她的声音大到震得我的耳朵痛，我将手机从耳边移开。

手指按下降音键，调整音量。

"也许是桥本说的，或者还有其他学生看到了。"

"欸欸欸！"

惠小声悲鸣。

"这还好吧，但是反过来的话就糟了。"

"反……反过来？"

"要是流言说的是你喜欢我，不就麻烦了？你刚和平田分手，更加会被胡乱猜测。"

"……话是这么说……"

"放心，谣言什么的，很快就会被忘记。"

"真的？"

"而且，可以说多亏了这个流言今后我们就更方便接触了，别人只会以为是我在向你搭话。"

事实如何全在于怎么想。

本来不打算在显眼的地方和惠说话，但这个谣言可以给我们上个保险。

"不对不对不对不对不对不对不对！"

这次的"不对"比刚刚还要多。

"我们两个待在一起的时候，会被特别异样的眼光看待的！绝对会被异样的眼光看待的！"

最近是流行重复说话吗？这种说话方式实际上听起来很怪。

"总之不用放在心上。"

"就算你说不用放在心上……我果然还是做不到！"

长时间的沉默后，她觉得果然还是不行。

惠嘟囔了一阵，终于放弃了再继续纠结这个问题，挂掉了电话。

6

事情的展开令人眼花缭乱。

在没有特别考核，只需要集中精力面对举行于学年末、即二月下旬考试的这个时候骚乱四起。非正式考试后过了三天，二月十八号，周五。

在远离学校用地的地方，除 B 班以外的三个班的学生聚集在了这里。

平田为了在关键时候制止最新流言的散播也做过努力，但是那种努力正好也反映出了流言传播速度之快与势不可挡。

连留言板上唯一没有被写流言的 A 班也已经掌握了其他班的情况。

"哟，石崎，你说有话要和我说，到底是什么事？"

A 班的桥本态度还是和往常一样，询问石崎。

"什么怎么回事，桥本，你把鬼头都带来打算干吗？我可是让你自己一个人来的。"

"你不是也把阿尔伯特带来了？要小心嘛。"

现场气氛紧张。

难以想象这两个人在不久前的集训中还一起生活过，但这也情有可原。

"今天来是为了商量事情，对吧，石崎同学？"

D 班除了石崎和阿尔伯特，日和与伊吹也来了。

"只要对方不捣乱，大家都相安无事。"

"可……"

日和的担心很正常。

现在这个阵容，想不发生什么都难。

"现在这些人是要干吗？除了我们之外你还叫了别人？"

桥本看着我们，连连叹气。

"我怎么知道，不是你叫来的吗？"

D班和A班都对我们C班的存在抱有违和感。

"你说对了，绫小路。"

和我说话的是站在我身边的明人，绫小路小组的成员都在。

因为要举行学习会，所以大家在咖啡店集合。

"我'偶然'看到他们离开了学校用地，又想起了之前神崎和桥本起争执的事情，想着莫非这次也……就跟来了。"

我感觉事情不太妙，告诉明人后，立刻就跟来了。

但没想到的是，波瑠加、爱里、启诚也跟来了。

"人比上次还多，或许真的要出点什么事……"

"啊，真是的，为什么这种危险的状况会一直持续不断啊？"

再次面对这种场面的波瑠加惊叹道。

"没事，别管是谁叫来的了，赶紧问正事吧，椎名同学。"

"这起流言事件，消息是从你们A班传出来的吧？"

日和觉得交给石崎来问的话容易打起架来，自己开了口。

"喂喂，为什么要问我们啊？"

"那还用说吗？！"

"交给我，石崎同学。"

日和温柔地制止了怒气冲冲的石崎。

"我听神崎同学说他亲眼看到你散播一之濑同学的谣言。"

"那个家伙真是多嘴呢，还是说，你是从那两个人那里听说的？"

他指的是听了神崎和他对话的我，还有明人。

"请回答我的问题，桥本同学。"

日和没有看向我们这边，继续询问桥本。

"……算了，反正站在那儿的绫小路和三宅已经知道了，那就老实说吧，我不知道从哪儿听说了有关一之濑的流言，觉得好玩就告诉了别人而已。"

桥本自然不会承认事实。

"这只是你的借口，你觉得我们会信吗？"

"借口？这是事实，呃，觉得好玩告诉别人如果不对的话那我承认，但是很奇怪啊，你们D班和这件事应该没关系，为什么要管这么多？"

桥本兴致很是高昂，看向众人的视线也颇为尖锐，他继续说道：

"难道……散播流言的是你们D班？"

"开什么玩笑，我们已经知道是坂柳让你们把流言传出来的了。"

"你别乱扣帽子，我们的领导人确实好战，也挑衅过一之濑，我也理解你们过度解读那些事情、把流言的出处归到我们头上的心情，但流言就是和我们无关，你们实际上也没有证据吧？"

听了桥本的话，石崎焦躁起来，可桥本说得没错，就算知道十有八九是坂柳，现在也没有证据能证明信箱里的纸，还有告示板上的流言都是坂柳的指示。

"今天叫我来就是为了问这个？没想到你们 D 班也要帮一之濑。"

面对石崎他们释放出来的威慑力量，桥本一副懂了的样子，叹了口气。

"你再怎么糊弄也没用，你们不光散播了一之濑的，还把我们的流言散播得到处都是。"

"原来如此，果然是这样，一之濑的事情无所谓咯？D 班也被散播了流言，是这个让你们坐不住了吧？石崎，听说你'找小学生的麻烦结果进了少管所'？"

被如此挑衅的石崎瞬间冒火。

日和慌忙抓住石崎的胳膊，制止住要跳脚的石崎。

"找小学生的麻烦结果进了少管所"是写在告示板上的"流言"之一。

被传播了这样的流言，石崎不可能不生气。

必然会出现这样的状况。

桥本不受影响，继续说道：

"把那种流言都列上去真是厉害，不只是一之濑的，你们怎么能调查到那么多家伙的个人信息，告诉我呗！"

"桥本你给我适可而止！"

"石崎不要！"

觉得日和一个人控制不住石崎的明人慌忙上前帮忙。

"三宅你别拦我！不能让A班再这么胡说八道！让我狠狠揍他一顿！"

"你最好别这么做，石崎，到时候受伤的可是你们，你可能对自己的拳头有点自信，但我们这边的实力可不容小觑。"

鬼头静静地上前一步，对着石崎和阿尔伯特架起拳头。

像是在说如果情况需要自己也会应战。

"都停下，你们知道这所学校不允许打架吧？"

明人委婉地规劝大家冷静下来。

"以前是不允许。"

"以前是？"

"现在的学生会会长对小打小闹似乎睁一只眼闭一只眼哦？"

桥本拉近距离，右脚瞄准石崎猛踢过来，三宅用左手手腕接住这一击。

"这……真的假的，那个学生会会长真是什么都做得出来。"

光凭桥本的一句话，并不意味着就可以随意使用暴力。

所以，桥本先出手证明给我们看。

"挺厉害的嘛，三宅，怪不得你说要拉架。"

桥本往后退，再次拉开了距离。

全场的气氛比刚才还要紧张。

"暴力是不被允许的。"

"知道啦，我来的目的也不是打架，刚刚只是为了证明我们有足够的自卫能力。"

"……我可以相信你，对吧？"

桥本看着日和的眼睛点了点头，但谁也不可能相信他。

"够了吧，日和，这家伙能面不改色心不跳地撒谎，再怎么想，散布流言的都是A班，证据就是只有A班的人没有流言。"

"那个……会不会正因为这样所以不是他们干的？"

"椎名说得没错，如果散布流言的是我们，为了不被怀疑，在A班的告示板上也随便编几个流言写上去才对。"

"是吗？恐怕并不是所有A班学生都知道散布一之濑流言的幕后黑手是坂柳，这种状态下在A班内也散布流言，自然会引发恐慌。"

听到明人指出这一点，桥本叹了气。

"你这种推理也不是讲不通，陷入死循环里了。"

D班认为A班极其可疑但没有证据，另一方面A班也难以证明自己的清白。

"对这种家伙，只能用拳头逼他们说真话。"

"喂喂，伊吹你别这么说，打起来也没有好处。"

"寻衅打架的是你们，现在又这么说，真当我们好耍吗？"

"真和我们没关系，就信我们一次。"

桥本笑着说，但伊吹依旧冷着脸。

甚至可以说是在竭尽全力压抑着自己的怒火。

伊吹也和石崎一样，被散布了莫须有的"谣言"。

"你这个家伙，是不是看龙园……不当领导人了，就小瞧我们啊？"

石崎已经到了忍耐的极限，摆脱三宅冲上前。

伊吹也堵到桥本和鬼头前面与他形成合攻之势。

"别别，真别这么干。"

"散播一之濑还有我们的流言，让坂柳为这两件事道歉。"

"你们弄错了，不是我们散布的。"

"别再耍我们了！"

石崎将栏杆全力踢飞。

桥本也意识到事情已经到了无可挽回的态势。

"……所以，打算怎么解决？"

"这还用说，当然是用拳头让你闭嘴。"

"真的要打？"

"对，不想打的话现在就把流言撤销。"

"我已经说过很多遍，不是我们散布的。"

桥本也知道对方不可能就这么轻易相信。

坂柳向一之濑宣战了也是事实，很难证明己方的清白。

桥本嘴边一度浮现出了笑容。

"你笑什么笑！"

"抱歉抱歉，就是不太能理解。"

既然不能承认流言的出处是坂柳，就只能拒绝石崎的要求。

"那就让我们直接和坂柳谈。"

"你？算了吧。"

桥本拂手表示他们不是坂柳的对手。

石崎也正因为明白这一点才把桥本叫了过来。

"鬼头，看来只能上了。"

桥本看现场的氛围，预感今天这件事光靠嘴说是解决不了的。

而鬼头似乎早已做好了心理准备，慢慢摆出架势。紧接着……

"呜哇！"

石崎冲上来就要抱住鬼头。

处于正侧方的伊吹猛地出腿横踢过去，桥本连忙躲避。

"好险！"

伊吹的攻势十分猛烈，手机和学生证从她的口袋里掉出来，散落在地。

其速度和强度都超出了桥本的预料，他在表达敬意之前，首先描述了自己的危机感。

"伊吹同学你打架也这么厉害……我都忘了。"

"你们快住手！"

明人捡起掉落的手机，另一边大声制止他们。

但 D 班完全没有要停下来的样子。

完全不管手机是否摔坏了。

伊吹的学生证掉落在了我脚边，我伸出手。

视线无意中落在了学生证上。

上面当然只有伊吹的照片，没有笑容，表情僵硬，满脸冷漠。

但是……

有一点引起了我的注意。

"这是怎么一回事？"

"什么？"

听到我在小声嘟囔的启诚问道，我立刻左右摇头。

我暂时将伊吹麻烦的学生证放进自己的口袋里。

"没事，得先让他们别打了。"

"我们能怎么做？"

二对二的阵容已经形成，正要开始第二轮攻击。

"你还是别去了。"

"危险，清隆同学……"

波瑠加和爱里都劝我不要上。

"……也是，交给明人更合适。"

明人为了制止第二次的冲突，闯到了他们中间。

"别插手，三宅！"

石崎使劲想将他推开，但明人抓住了他的手，强行将他推倒在地。

"混蛋，放开！"

"抱歉了石崎，我不讨厌你这种类型的人。"

"别挡我们的路。"

伊吹朝着明人的头踢了过来。

明人慌忙离开石崎，在千钧一发之际躲开了那一踢，但乱了架势。

阿尔伯特立刻抓住了明人。

"阿尔伯特，按住他！"

"呃……"

被力大无比的阿尔伯特从上面压住，明人连反抗都反抗不了。

D班觉得只要保持二对二的阵势就不会输。

"伊吹！"

石崎失声大喊。与此同时，鬼头的手瞄准了伊吹的脖子。

"别小看我！"

伊吹迅速做出反应，将鬼头的手踢开。

"真的打起架来了……怎么办？"

我们四人没办法拉架，只能在一旁看着。

"打都打开了，C班的人在场会妨碍我们呢……"

桥本一边注视着站立起身的石崎，一边看向了我们。

"我们来这里纯属偶然，我们的朋友……绫小路也和石崎他们一样是流言的当事人，同样烦恼焦躁。"

启诚如此诉说道，爱里也在旁边狠狠点头。

"哈哈，也是，不过，绫小路喜欢轻井泽，这不是一个挺可爱的流言吗？"

"一……一点也不可爱！"

安静的爱里罕见地大声反驳。

我也配合着他们，向桥本抛出话头：

"我虽然不想说这话，但我也在怀疑你，桥本。"

"……是啊，毕竟前几天见到你和轻井泽密会的只有我一个人。"

"密……密会？"

爱里，还有波瑠加唰地将头转向了我这边。

"我们什么关系也没有。"

"真的？可……可是你最近和轻井泽同学好像玩得挺好的……"

总是看着我的爱里，自然知道这种事。

但是让桥本听到这几句话非常重要。

有必要让桥本知道有一部分人了解我和惠的关系，在我被惠拜托作为中间人转交巧克力这一大前提下，若没有一定的亲密关系这种委托不会成立。

他想测试C班里的学生是怎么看待我和惠的关系。

因为优秀，而故意埋没自己的可能性。

他盯上了我，却又引出我可能没有嫌疑的证言。

最终，他减轻了对我的怀疑。

"桥本你现在的对手是我！"

"真是的……事情变麻烦了。"

"不要再打了，石崎同学，我不允许。"

日和要石崎住手，语气强硬。

石崎没办法无视日和的命令，无奈地回头。

"可……可是！"

"就算你在这里打赢了桥本同学，强行要他坦白，也当不了证据，关键人物坂柳同学恐怕什么也不会承认，你不能接受这一事实吗?"

"你是要我和伊吹都忍着这口气不出?"

"这句话虽然有些残忍，但是没错，今天就请忍耐一下。"

"是你带我们来的吧? 现在又要叫我们忍，这不奇怪吗?"

"我一定会让他们得到应有的惩罚。"

听到这样的对话，桥本饶有趣味地吹起了口哨。

"原来组了这个局的不是石崎，是椎名同学啊。"

"阿尔伯特同学，请你也把明人同学放开。"

听到椎名的指示，阿尔伯特慢慢松开了对明人的束缚。

"我们也给 C 班的大家添麻烦了。"

椎名深深低下了头。

"说什么今天就到这里，这也是你单方面的意见，我们就白被怀疑、白挨打了吗?"

"不能原谅我们吗?"

日和正面回应桥本的问题，桥本应该也知道，就算这么拖下去也不会有什么好处。

"算了，反正也没受伤，今天就到这儿吧鬼头，但是，不要再随便怀疑我们了，要怀疑也请拿出证据，好吗?"

事态在恶化之前被成功控制住了，但 A 班和其他班的隔阂也因此向着不可修复的方向发展下去。

7

那天夜里，我给堀北学打了电话。

"你居然会主动联系我，真是稀奇。"

"我有一件事想问你。"

"什么事？"

我把我在看过两个学生的学生证后注意到的东西告诉他。

"不会是你看错了吧？"

就好像第一次听说，堀北学的反应有些吃惊。

"这么说来，学生会……不，没有前例吗？"

"嗯，但要排除这只是学生证印错的情况。"

当然是排除不了的。

不过可以确定的是，这种错误不会这么早且频繁地出现。

"这所学校每年都在发展变化，这种'现象'应该也有某种意思包含在里面。这对率先发现这一情况的你，或许有一天会有好处。"

就算这一天到来了，我也希望不要对我起什么作用。

"你们一年级学生，本学年应该就只剩最后一次特别考核了吧。"

他强调了一年级学生，看来三年级的情况和我们有所不同。

"这也只是截至去年的事情，不能确定，但若和往年一样的话，三年级还有两次以上的特别考核在等着我们。"

"这对你来说是持续的灾难呢。"

要是南云所率领的二年级全体学生，都在后面支援三年 B 班的话，堀北学的处境会受到威胁。

"状况确实变幻莫测，但这不是你该操心的事情。"

不愧是原学生会会长，他并不认为自己的处境艰难，他掌握了打开局面、并战斗下去的能力，我感受到了他的自信。

但说到底，有这份自信与能力的也仅限于堀北学一个人。

就像之前瞄准了橘茜那样，南云会从容易的地方下手。

"现在该担心的是一年级。"

"有学生会提供帮助的话，这些事情应该能被盖过去吧。"

"嗯，有可能，要是做过火了，自然会失去校方的信任，被强制解散，但南云不一样，应该能顺利解决。栉田的事情，没问题了？"

"那件事已经解决了。"

"这次摧毁一之濑事件的背后好像有什么动作。"

"再联系。"

我问完了该问的，结束通话。

8

那日之后，一眨眼的工夫，几天过去了。

处于旋涡之中的一之濑没有来过学校，一直在休息。

离期末考试只剩最后一天，到了二月二十四日。

一之濑终于来学校了，我虽然没有直接见到她，但一之濑连续一周没来上学，她的动向自然受到大家的关注，消息很快就传了过来。

不过，这也只对 B 班是个大事情，对于 C 班来说，还是明天的期末考试更重要。

"好，绫小路、明人、波瑠加、爱里，全员到齐了。"

午休时间，上课之前，我们聚集在了启诚的桌子周围。

完成启诚为我们制定的模拟考试的最后一步——对答案。

大家在晚上自主举行模拟考试，这是启诚为了测试我们的实力而准备的。

"哇，阿隆九十分，太厉害了吧。"

波瑠加一边吃着三明治，一边表达自己的惊讶。

"还不是因为启诚制作的考试太完美了，你也差不多吧？"

三个人的分数不尽相同，但大概都在八十分左右。

"非正式考试和我制定的模拟考试都能得到这么多分的话，考试就没问题。"

"既然启诚都这么说了，那考试就是小意思了。"

明人这次也是使出了浑身解数，现在正扭动自己酸痛的肩膀。

"真的谢谢你，启诚同学，我以前每次面临考试都很紧张……"

"别客气，我能做的也就只有这些了。"

启诚有些害羞，拿食指轻轻地摸了摸自己的鼻头。

"今天真的不用再学习了吗？"

"这一周大家都在学习上下了相当多的功夫，最后一天希望大家能好好休息一下，用心掌握的知识没有那么容易忘记，要是再勉强自己，结果搞坏了身体，正式考试的时候犯困，那才危险，因为低级错误而丢分的话也可惜。"

"明白，谨遵小幸村指示。"

波瑠加敬了个莫名其妙的礼，大家乖乖地点头。

嘭！门被突然用力打开的声音响彻教室。

"一个重大消息！"

这个时候大家都在悠闲地吃午饭。

"啊，太倒霉了……"

波瑠加吓得把手上拿着的三明治掉在了地板上。

"干吗这么大惊小怪啊?"

波瑠加毫不掩饰自己的愤怒,瞪着池。

"大事情啊大事情!现在 A 班的人进了 B 班!"

他蹦出这么一句话。

"随着一之濑同学的回归,坂柳同学也行动了……"

同样在教室里吃着午饭的堀北急忙站起来,话都来不及和我说,就飞奔出了教室。看到这一情况,须藤和平田他们也紧跟在她身后出了教室。

明天就是期末考试。

要行动的话今天是最后的机会。

为了打败回归的一之濑,坂柳打算直接进行攻击。

"我们怎么办,明人……"

"只能去了,再发生前几天那样的事情也要有人阻止。"

"也对……"

"但是波瑠加和爱里,你们两个就留在这里,人多也没有什么用。"

"好的好的,我明白,我们就慢慢吃饭。"

"清隆同学呢?"

"我……"

明人和启诚都站起来了,我也不好说要留下。

"暂且去看看,虽然我也派不上什么用处。"

我们三人走出教室，前往 B 班。

骚乱的消息正传播开来，走廊上已经聚集了许多人。

"你来干什么，坂柳？！"

我们来到 B 班的时候，正赶上柴田质问坂柳来这里的原因。

"我来干什么？我是来拯救你们 B 班的哦。"

坂柳的左右两侧分别是神室和桥本，但并不见鬼头和其他学生的身影。她应该是觉得人带多了容易产生问题，所以采取了小规模的行动。

"坂柳同学你这话是什么意思呢？"

教室深处，在数人簇拥下的一之濑开口了。

"等一下一之濑，你没必要出面。"

"对，小波，我不让你走。"

一名女生紧紧抱住一之濑，不让她和坂柳接触。

"首先恭喜你恢复健康了，本来想早点来看望你，但一直忙于学习。不过幸好，你能赶上明天的期末考试。"

"嗯，谢谢。"

两人远距离的对话。

坂柳应该明白 B 班的所有学生都视她为敌人。

现在明明是午休时间，但教室里一个人也没有少。

B 班恐怕是打算集全班的力量，团结一致守护一之濑。

但是坂柳根本不为所动，表现出一副非常享受客场氛围的样子。

看准了正处于流言旋涡中的一之濑在午休时不会去食堂而采取了这个行动。

"坂柳，你说你是来拯救我们的？"

"对。"

坂柳笑着回应神崎。

"所以你承认散播谣言的人是你了？"

神崎表示，如果是为了赔礼道歉而来的话倒也能理解。

"散播流言的不是我。"

"……那你要拿什么来拯救？"

"还记得之前一之濑同学手里握着大量点数的流言扩散开来的事情吧？那个时候因为她没有什么不正当的行为，所以流言很快就平息了。"

"为什么要说这个？"

神崎立刻接话，这是为了不给一之濑出场的机会。

"这只是我个人的猜想……不通过不正当行为而大量拥有点数的方法非常有限，定期从同班同学那里回收个人点数，收集起来，总的来说就是由一之濑同学来担任类似银行的工作。"

"我无法对此做出回应。"

这与 B 班战略部署有关，自然会拒绝。

"嗯，我并不是在请求你们做出回应，只是……只是如果一之濑同学如我所推理的那样承担着类似银行的责任……这恐怕是相当危险的事情。"

坂柳看向远处望着自己的一之濑。

"……"

一之濑没有说话，径直与她对视。

"我说错了吗，一之濑帆波同学?"

没有用的，坂柳，你确实将一之濑逼到了绝境。

将只以沉默作为武器的一之濑撵到了峭壁边缘。

还有最后一步，就会使其跌下深渊。

但是，这个手段已经发挥不了作用。

"大家能给我让一条路出来吗，小千寻，还有麻子?"

"可……可是……"

"没关系，我已经没事了。"

一之濑温柔浅笑，慢慢走上前来。

接近坂柳。

但最后一之濑并没有面对着坂柳，而是面对着教室里的同班同学。

"……我对不起大家!"

一之濑站在讲台上，向着 B 班全体学生低头致歉。

"道……道什么歉啊，一之濑你完全没有必要道歉!"

柴田有些不安，想制止一之濑继续往下说。

"柴田同学，请不要打断，她正要忏悔呢!"

坂柳很是喜悦。

"我这一年……有一件事一直瞒着大家……"

"等一下，一之濑，你现在没有必要说任何事情。"

感觉到危险的神崎试图让一之濑停下来，但没有起作用。

"这几周来，关于我的奇怪流言四起，这里面只有一个不是假的，是真实发生过的事。那就是写在纸上的……说我是犯罪嫌疑人的那件事情。"

终于引出了这句话，坂柳一脸满足。

"这是真的？"

刚刚还十分嘈杂的教室现在一片寂静。

"这里的好好先生们还完全不明白发生了什么，一之濑同学，请你详细说明一下，你到底犯了什么错？"

"我……"

一之濑想继续说下去，但嗓子堵了一下。

"我现在要向大家坦白我隐瞒至今的事情。"

一之濑开始讲述已经被封印起来的过去。

"我所隐瞒的犯罪事件就是……偷窃。"

优等生一之濑偷东西。

对于这一事实，不光是 B 班学生，连作为观众的明人和启诚都震惊了。

一之濑看起来不像会做这种事情的学生。

"小波你……偷东西……这……这是真的?"

"嗯，对不起，麻子。"

一之濑道歉后，开始讲述事情的始末。

"我是单亲家庭，和母亲，还有小我两岁的妹妹三个人生活在一起，虽然并不富裕，但我从来都不觉得自己不幸。一边养育两个孩子，一边辛勤工作的妈妈总是很辛苦，所以我在小学的时候就想好了，等初中毕业后就出去工作，因为上高中要花很多钱，我想赚钱减轻母亲的负担，照顾小两岁的妹妹。但是母亲并不同意我这么做，就像我作为姐姐从心底里希望妹妹幸福一样，她作为母亲，希望两个女儿都能得到幸福。"

一之濑将自己的过去全部摆到了桌面上。

"后来我知道了就算没有钱，只要成绩优秀就能适用特优生制度。于是我废寝忘食地学习，成了全校第一名。可在初三的那个夏天……母亲因为劳累过度倒下了。"

为了支撑母女三人每日的生活，一之濑的母亲应该从未停下手里的工作。

为了养育自己的孩子而不辞辛劳。

"当时妹妹的生日就要到了，她从来没有向母亲和我要过礼物，明明才初一，应该更加小孩子气些的，可是她一直都在克制自己，不买喜欢的衣服，也不和朋友出去玩，只是忍耐着，忍耐着，而这回，妹妹……第一次有了想要的东西，是去年流行的一个发夹，妹妹特别喜欢的一个艺人戴过。母亲肯定是为了给妹妹买这个发夹，硬是增加了排班。"

但是……母亲进了医院，买不了生日礼物。

"我现在还记得，妹妹向躺在病床上哭着道歉的母亲发火的表情，一边哭、一边对期待已久的发夹念念不忘的表情，我没有办法责备这样的妹妹，她只要过这么一次礼物……"

坂柳保持着不变的笑容，听着一之濑的坦白。

"作为姐姐……我必须做点什么让笑容重新回到妹妹的脸上，我这么想着，所以我在她生日那天放学后，去了百货商场。"

一之濑现在颤动的心应该和当时是一样的吧。

"我那时一定糊涂了，为了妹妹，就做这么一次坏事，算不了什么，在这个世界上，做坏事的人数不胜数，一直忍耐到现在的我们不应该被责备，这种行为是被允许的，当时我的想法就是这么的自私任性。我……偷了妹妹想要的……一万多日元的发夹。"

一之濑的话让人感到沉重。

"这是让所有人都陷入不幸的行为，可那时的我，只是想做点什么让妹妹开心起来。"

这是一切的导火索。

"……错了呢。"

一之濑嘟囔了一句。

"到头来，犯罪了就是犯罪了，再怎么忏悔也消灭不了罪恶。"

她断断续续地讲述。

"所以被当场抓住了吗？"

听到桥本的问题，一之濑左右摇头。

"我拿着那个发夹出了百货商场，我第一次的偷窃，第一次的犯罪，没有被任何人发现。那之后我立刻回了家，将发夹作为礼物送给了闷闷不乐的妹妹。因为是偷来的，没有包装，什么也没有，只是一个粗糙的礼物，但妹妹特别开心，看着她的笑容，我觉得自己的罪恶感瞬间减少了，但其实不是的，罪恶感后来愈渐加剧。"

一之濑自嘲般笑了笑。

"母亲不可能注意不到自己女儿做了坏事，我叫妹妹把这个礼物当作我和她之间的秘密，可是妹妹带着它去看望了母亲，妹妹又怎么能想到我会把偷来的东西当作礼物送给她呢？那时，我第一次见到了真正生气了的母亲，她打了我，又扯下了妹妹头上的发夹，抽泣的妹妹根本就不知道发生了什么。母亲还处于必须住院的状态，但她强撑着带我去了店里，跪下请求人家的原谅，那个时候我第一次意识到了自己犯下的罪恶之深重，不管找什么样的借口，都不应该偷窃。"

这就是一之濑的过去，隐藏至今的过去。

“最终，店里的老板没有报警，可事情迅速传开了，我把自己封闭起来，初三几乎半年都在房间里度过……但是，后来我想再一次朝前看，契机就是班主任告诉了我这所学校的存在。入学手续费和学费都免缴，毕业后还可以进入自己理想的公司，我想重来一次，从头再来一次。”

将所有事情都说完，一之濑再次向 B 班全体学生道歉。

“对不起，大家，身为班级领导人，我却这么无耻……”

“没有这回事，一之濑。”

一直站在旁边倾听的柴田这么说道。

“听了你今天的话我确信了，一之濑果然是个好人，对吧？”

“嗯，小波你以前可能是做过不好的事情，但是……”

哐！

手杖叩击地板的尖锐声音响彻教室。

“快停下吧，B 班的大家不要再搞笑了！”

坂柳制止住那些拥护一之濑的声音。

“真是一场无聊的闹剧，把不必要的过去介绍得那么详细，是想博取大家的同情吗？不管你当时境遇如何，偷了就是偷了，没有丝毫值得同情的余地，你是为了一己私欲而实施的犯罪。”

站在坂柳旁边的神室，表情瞬间僵硬了。

"嗯，是的，和过去的背景没有任何关系。"

"你实施了'犯罪行为'是事实，所以，你是不是也会在快毕业的时候把现在持有的大量个人点数都偷了？"

"……这种事情不可能发生，坂柳同学，假如我无视大家想法，拿这笔钱升到 A 班，那这就是背叛行为，校方也不会允许这种情况发生。"

"是的呢，你足够聪明，自然不会采取那么露骨的做法，是不是又要在大家面前上演刚刚的苦情剧，骗取同情，可怜你让你去 A 班呢？"

坂柳穷追不舍。

"是啊，我……我不管多努力，所做的事情可能都会被认为是伪善，犯下的罪过永远无法弥补。"

被贴上了犯罪嫌疑人的标签。

有一天会背叛别人的嫌疑也永远不会消失。

"大家已经明白了吧，这就是一之濑帆波的真面目，让这种人当领导，你们 B 班永无出头之日。"

坂柳将现实狠狠砸在所有人的面前。

"希望你能现在立刻将个人点数返还给所有学生，并不再担任 B 班的领导人，不这么做的话，今后关于你的恶劣流言是不会消失的。"

一之濑闭上眼睛。

静静调整呼吸。

"怎么样，一之濑，你想怎么做？"

神崎代表 B 班向一之濑提问。

问她是否继续担任领导人。

能做出决定的只有一之濑本人。

如果这件事给她带来了心灵上的沉重打击。

一之濑可能难以再坚持下去，从此一蹶不振，心碎成殇。

可是，一之濑的心早就碎掉了。

不对，是"被我敲碎了"。

然后治愈了。

碎掉的地方，要比以前更加强大坚韧。

"我的忏悔到此结束。"

一之濑面对着坂柳露出笑容。

"我确实偷过东西，就像坂柳同学所说的，不应该被原谅，错了就是错了，我也不打算逃避自己的罪责。但是，事实上我并没有被问罪，也就是说，我本来就没有需要弥补的罪过。"

"好一个厚颜无耻之人，你开脱罪名的方式真让人大开眼界，让人想不到你是个偷东西的恶人。"

"也许吧，但我已经不再一味回头看了，不再被过去束缚了。"

一之濑转向全体同学，笑容依旧挂在脸上。

"虽然我是个厚颜无耻的人……但大家还愿意跟着我奋战到最后吗？"

她这么说道。

一瞬间的沉默。

一之濑并没有过度乐观。

她现在的样子就像快哭出来一样，想找个地缝钻进去，为过去感到耻辱。

但还是在努力向前。

一年来同甘共苦的 B 班学生不可能不明白这一点。

"当然会跟你了！"

柴田笑着喊道。

与此同时，B 班的所有学生都发出了欢呼声。

这就是大家对一之濑的尊敬与信赖。

我实际感受到了这份信赖之深厚。

启诚和明人也被这样的 B 班所感动，露出了欣慰的笑容。

不光是 B 班全体学生，其他班的学生也一起声援一之濑，此情此景，前所未有。

"坂柳……我们怎么办？"

坂柳精心布置的攻击失效了。

神室也深深感受到了这一点，所以才会说这么一句话，这可以理解为她建议撤退。

"哈哈哈。"

坂柳笑了。

"哈哈哈哈哈哈。"

这次笑得更长了。

"原来如此，你真是将 B 班牢牢掌握在自己手里了呢！但是，就像你刚刚所说的，你犯罪的过去不会消失，接下来关于你的流言会一直被散播下去。"

"嗯，我不打算逃开。"

"是吗？那就让我彻底……"

"好嘞，大家就说到这儿吧。"

坂柳还没有说完，几个老师和学生的身影出现在了 B 班。

学生会会长南云，还有 B 班班主任星之宫，以及茶柱。

"大人物都来了呢，这可是一年级学生内部的事情。"

"这确实是一年级的小打小闹，不过从今天开始，随意散布流言的行为将被禁止。"

"……这是怎么一回事呢？禁止我们再谈论有关一之濑的流言，这我可不能理解，不管你们为何做出这种决定，一之濑同学并没有向学校报告过说自己处境困难。"

"不，坂柳，这已经不是一之濑一个人的问题了。"

南云回答坂柳。

"……这话怎么说?"

南云正要加以说明,茶柱站了出来。

"细节就不过多赘述了,你们一年级内部出现涉嫌诽谤中伤的报复性交战一事已经被认定,被散播的谣言数量接近二十个,再发展下去的话将会扰乱学校纪律,谣言就是谣言,不管有没有证据,校方不希望以陷害个人为目的的谣言再继续蔓延下去。因此,我在此通知大家,随意散播谣言的行为今后可能成为处罚的对象。"

面对无休无止的谣言扩散事件,一直持默认态度的校方开始行动了。

"……原来是这么一回事。"

坂柳明白了一切。

"看样子是校方出手了。"

堀北走了过来,目睹了一切的她也意识到了这一点。

"从结果来看,这下所有的班级都获救了吧,坂柳同学她们也不能再对作为事件开端的一之濑同学做什么了,有关本堂同学、筱原同学、你,还有佐藤同学的谣言应该也会平息。"

"是啊。"

"是坂柳同学做得太过分了吧,同时对所有班级用同一招,过于引人注目,结果招人怨恨,好战的她这次栽跟头了。"

说完，堀北陷入了沉默。

隔了一小会儿，再度开口。

"但是……"

"怎么了？"

"没事，当我没说。"

堀北不再说什么了。

"我们回去吧，既然校方有了动作，我们就不必出场了。"

坂柳明白了眼前状况，下令撤退。

不甚平静的 B 班一度气氛高涨起来。

为成功击退 A 班而沸腾。

9

回到 C 班，波瑠加有些等不及地问明人。

"B 班怎么样了？好像阵仗很大。"

"出人意料的发展，一之濑把坂柳给击退了。"

明人把发生在 B 班的事情直截了当地说了出来。

一之濑流言的真相，以及今后不可以再传播流言的通知。

"下午上课后老师会叮嘱我们的吧。"

"偷窃啊，我意外是意外，但也算明白了，不想被触碰的过去被摆在了明面上，无论是谁都不可能愿意来学校。"

了解了事情始末的波瑠加，开始拥护一之濑。

"总之骚乱结束了，不用再被流言所左右，全神贯注地面对考试吧。"

"真好呢，阿隆。"

"嗯……是啊。"

我的电话响了。

"是谁打来的？"

"没保存的号码。"

我把显示出来的号码给波瑠加她们看，这和前几天半夜里打来的那个又不一样。

我站起身，走到离小组有一定距离的地方接电话。

"喂。"

"绫小路同学吗？"

一听就明白了声音的主人是谁，坂柳。

"你怎么知道我的号码……噢，也不难查到。"

"嗯，离午休结束还有十分钟，你能出来一下吗？"

拒绝她倒是很简单，但之后再占用我的时间也麻烦。

"在哪里见？"

我边问边走向走廊。

"一楼的玄关如何？"

"知道了。"

我挂掉电话，向玄关走去。

　　我以为神室和桥本也会在，但在那里的只有坂柳一个人。

　　"请放心，我没有带任何人来，真是精彩呢，绫小路同学。"

　　"什么意思？"

　　"是你在我没有注意到的地方悄悄做了什么动作吧？虽然还留有几个疑点没能解开，但我也不打算寻求答案。你为什么要保护一之濑同学？只有这个问题让我百思不得其解。"

　　坂柳凝视着我。

　　"等一下，我没听懂你在说什么。"

　　"正因为你帮了一之濑同学，她才在那个场合一改以往的态度……不，是重新站立了起来，我只能想到这一种可能，恐怕她并非在那里第一次讲述过去，之前就说过了吧。"

　　"你觉得她是和我说的？"

　　"没错。"

　　坂柳会得出这样的结论也并非不能理解。

　　"你为了让我行动起来，所以之前派了神室过来吧？"

　　"神室同学？"

　　"一之濑以前偷过东西这件事，你在将此公之于众之前，只告诉了我一个人。"

　　"那是神室擅自告诉你的，跟我没关系。"

"不，不是这样。"

"你怎么能这么确定呢？"

看来我是要答疑的那一方。

"神室作为偷东西的证明而给我看的那罐啤酒，并非当天偷出来的，而是神室在刚入学不久时偷的。"

"你有什么依据？"

"是保质期，我在看过神室给我的那罐啤酒的保质期后去了便利店，确认了同一种啤酒的保质期，二者之间的时间差距大于四个月，不可能恰巧只有一罐是四个多月前的旧商品。神室说她那时候把啤酒罐交给了你处置，所以，她不是提前从你那里拿到了由你保管的啤酒罐，就是在出了我的房间后和你见了面，直接拿到的。"

从那个时候起我就意识到了，神室来接触我，揭开一之濑的过去，都是预先计划好的事情。

"我为什么要做这种拐弯抹角的事？"

"是为了引我出来吧？"

"哈哈哈，真不愧是绫小路同学。"

"这次的事情，我本可以袖手旁观，这也是我原来的打算。"

但偏要从中作梗的，不是别人，正是坂柳。

亲手陷害一之濑，又救了她。

用一种极其拐弯抹角的方法。

"这一切都是为了得到你的注意哦，绫小路同学。"

坂柳拄着拐杖，慢慢向我走近。

"就算将一之濑同学摧毁也没有关系，但是，留下可能引你介入的线索的话，你会不会抓住呢？我对此十分期待，可能性只有一半……好在事情按照我期望的方向发展。"

对坂柳来说，一之濑的存在可有可无。

"请和我比赛，绫小路同学。"

"我要是不接受呢？"

"你可能会说我对你造不成大的伤害，不过，我会揭露你在幕后操控C班的事情，现在的你应该也明白，这不是可以止于流言的小事情。"

就算校方公开禁止传播流言，坂柳也能不费吹灰之力地把消息传出去。

"怎么样？能接受吗？"

"比什么？你手里有A班，我只有C班，差距过于悬殊。"

"现在还不知道下次的考试内容是什么，就让我们比排名吧，你赢了的话，我保证不会把你的过去告诉任何人。"

这个条件很诱人，可没人能保证她会守约，我也不打算留下书面或声音记录。

"你不信任我呢，但是你也只有这一条路，不答应的话，我就公开你的过去，到时候你连日常生活都难以继续下去。"

"随你的便，如果你这么做了，我今后绝不会再和你对决。"

"……哈哈，是啊，我就知道你会这么说。"

坂柳自己也明白，我不会轻易同意和她比赛。

所以坂柳才一直以来没有和任何人说过我的过去。

"那我就拿我的退学来赌，如何？让我的父亲，也就是这所学校的理事长来当见证人也可以。"

坂柳对这场与我的战役表示出了绝对的自信。

"就算你输给我了，你也没必要离开这所学校，我也不打算要你拿什么特殊的东西来做筹码，但是我会把你在背后操纵C班的事情公之于众。不让你承担一定风险的话，你说不定会轻易放弃比赛。"

她问我觉得如何。

"我同意你的这些条件。"

"谢谢你，无聊的学校生活终于要结束了。"

坂柳露出满意的笑容，之后就离开了。

我要给这次事件幕后的关键人物打个电话。

不是堀北和惠，也不是堀北哥哥。

"我就想着你差不多该联系我了，晚上好啊，绫小路同学。"

所有的安排

时间追溯到二月十一日，周五，写有一之濑是犯罪嫌疑人的那张纸被投到信箱里的那一天。

在一之濑产生动摇，而神室来接触我，将偷东西的过去告诉我之后。

我决定针对坂柳的战略方法下一盘棋，为了实施计划，傍晚时分，我给一个女生打了电话，请她来我的房间。

到了约定时间，没有响起门铃声，只有节制的敲门声在房间里回荡。

我没有锁门，所以她直接打开了。

和寒风一起吹进来的还有让我鼻子发痒的淡淡花香。

"晚上好，绫小路同学。"

现在已经过了夜里十二点，栉田的声音降了一个八度。

"抱歉这个时候叫你过来，可以的话，能不能先进来？"

"可以吗？"

"在玄关会冷的。"

"嗯，谢谢。"

半夜进到男生的房间里。

而且还是一对一的状况，普通女生可能会介意。

但是栉田毫不犹豫地走了进来。

"绫小路同学，现在可能有点早，这个给你。"

她从上衣里拿出了一个装饰着粉色缎带的巧克力盒。

"这是给我的？"

"十四号要给的人有些多，所以能早给就先给了。"

既然如此我就真诚地收下了，这不是该拒绝的东西。

"有什么事要和我说？这个时候叫我出来可是不一般。"

如果是普通的事情，早上或者中午说都行，所以她自然会怀疑这次是有什么不一般的事情。

"有件事希望和你商量一下。"

"欸……"

栉田在短暂的惊讶过后，说道：

"我以为我正被你讨厌，你不会再找我商量什么事情了。"

"我没有讨厌你，倒是觉得我在被你刻意躲避。"

"哈哈哈，这样啊，是的呢。"

正在笑的并非表面的栉田，也非内在的栉田，而是"中间"的栉田。

"可不是有堀北同学在吗？她要比我可靠得多哦？"

"这件事拜托不了别人，只有栉田你能做。"

"还不知道我能不能帮上你，有什么要问的话就请问吧，不过，只有我能帮得上忙的事情是什么呢？"

推测不出具体内容的栉田对此有些好奇。

"希望你能告诉我一年级里，那些一旦被流传出来、就会有人受到困扰的学生个人信息，也就是秘密。"

"……你为什么想知道这个？"

栉田的脸上还带着笑容，但笑意已经从眼睛开始消失了。

"你之前说过你手里已经掌握了能摧毁整个班级的信息，这里面应该不只我们C班，还包括其他班的学生在内。"

受欢迎的栉田一直以来都被认为是一个好人，每天都有人来和她商量事情。

她对其他班学生信息的掌握，虽然没有对C班那么多，但信息量也绝对不少。

"为什么你想知道这些呢？"

"你知道现在一之濑正在受流言折磨的事情吧？"

"嗯，今天纸上还写了过分的事情……"

"是为了制止这一切。"

"呃，我不太明白，这是你的意思？还是……"

"和堀北没有关系。"

"嗯？绫小路同学你真是重情义，之前还帮了须藤同学呢。"

栉田当然知道我在刚入学没有多久的时候，着手解决了须藤退学事件。

"可是知道别人的个人信息和制止流言有关系吗？"

"有。"

"我不太懂，伤害众人的流言扩散开了的话，情况不会比现在还要严峻吗？难道只要把集中在一之濑同学身上的话题转移掉就行了？"

这个战略听上去就像为了救一个人而牺牲掉一大批人。

她猜对了一些，但本质上弄错了，栉田继续往下说。

"我和一之濑同学的关系比较好，要是有什么能帮得上忙的地方，也想尽自己一份力。我确实知道很多秘密，可能比一般人知道得都多，可我不能随便说出来，因为我向当事人保证了会保密以后，人家才告诉我的。"

这是自然的。

自己想要隐藏的秘密被别人公开，没有人会高兴。

既然如此，自己的秘密不告诉别人就行了，可人类的感情没有这么简单。

因为想分享情感，换作谁都会忍不住把秘密告诉家人、朋友，或是恋人。

"我不能背叛朋友，而且，就算我为了一之濑而帮你了，我泄露消息的事情也有可能暴露。"

"为了不发生这样的事情，当然有必要对消息进行选择。"

不能用那些只对栉田一个人说过的重要秘密。

但也不能用那些大家都知道的无关紧要的东西。需要的是有几个人知道，但没有那么多人知道的秘密，这里需要人数上的绝妙平衡。

"你觉得我会参与这种需要背叛朋友、还不知所以的作战？"

"不是件容易事。"

如果我不知道栉田的另一面，那就完全没有交涉的余地了。

因为扮演天使角色的栉田不会帮忙害别人。

但知道这一切的我，就可以做到。

"能给我提供相应信息的话，我会给你一定的好处。"

"好处？"

"我会尽力给你想要的。"

"也就是我可以和你提要求？"

"老实说是这样。"

"谁能保证你会遵守诺言，你可是堀北同学那队的。"

"那你就把我们刚刚的对话作为担保就行了。"

"什么意思？"

"你已经明白了不是吗？"

我看了一眼栉田便服上方的口袋。

"嗯？"

她还在装傻，那就让我再把话说得明白些。

"我不说你应该也知道，手机还是录音机，或者两个都有。"

她不可能不利用我们的对话。

"你知道我在录音啊？"

"我觉得栌田你应该会给自己上这么一道保险。"

"可你是确信的吧？"

她第一次的时候不承认，觉得我在给她下套。

"如果把对自己不利的那部分录音去掉，那么录音的可信度就会下降很多，想尽量使用原生录音，这么做的话，必然会注意自己的言行。"

栌田从进门起，就极力让自己说话礼貌些。

她是在为不时之需做准备，到时候可以利用这段录音，而且她自己说的话不会被挑出毛病。

"光凭这一点就确信了啊……真厉害呢。"

栌田取出手机，将显示正在录音中的屏幕拿给我看，当着我的面按下暂停按钮。

"好的，录音结束，啊，真是憋屈。"

她一改刚刚贤良淑德的态度。

"连我都明白了，你就是在帮堀北同学。"

"我承认我给她出过主意。"

"算了，就不纠结这件事情了，反正以后什么时候问都行。"

回到之前的话题。

"所以，怎样才能用别人的个人消息来止住一之濑同学的流言呢?"

栉田调整状态,听我讲关键部分。

"那就是……把现在正袖手旁观的校方卷进来。"

"把学校卷进来?"

"现在一之濑面对流言,只选择了沉默这一个对策,所以学校也自然什么都不会做。"

"真的吗? 学校是不是也可能为了一之濑同学而行动?"

"举个例子,就算班主任听说了这件事,现在也什么都不会做,因为一之濑没有寻求帮助。所以要让事态升级到不能放任不管的地步,这样的话,学校定能认识到事态的严重性而进行干预。"

坏事能被完全掩盖的时代早已终结,即便我们现在被隔离于世间外。

校内有学生对别人进行诽谤中伤,流言不断蔓延,导致出现退学者,或者最坏的情况出现自杀者的话,这所学校的地位会一落千丈,名誉也会受到极大损害。

可能发展成霸凌的问题,学校绝对不会放任不管。

坂柳自然也在控制自己不要做出格。

所以我要在背后推一把,让事情发展到一定程度。

那样的话校方就会开始掌舵,强制让事态平息,这就是我的目的。

"不是谁都能像一之濑同学那样保持沉默,也就是说会出现向校方寻求帮助的学生的意思？"

"对，假设没有出现这样的学生，在流言的催生下，期末考试之前应该也会出现相当紧张的状况，甚至可能发生打架斗殴事件。"

"这样的话一直没有干预的校方也会出手……原来是这个意思。"

扩散有关各班数人真假混杂的信息。

这些流言的当事人里，一半以上的学生恐怕都会主张这不是事实。

甚至有可能所有人都不承认。

但其中夹杂着事实的事情会自然而然地显露出来。

"现在扩散流言，第一个会被怀疑的就是 A 班，这也是一个有利点。"

为了陷害一之濑而散播了流言的坂柳阵营就会立刻意识到这是第三人所为。

但就算意识到了也无回天之法。

坂柳等人可能会极力否认，但她们散播了"关于一之濑的流言"一事是无法否定的事实，只要这点是真的，就免不了成为最大的怀疑对象。

知道了这一条路，栉田应该也明白了我的计划。

"但要怎么扩散那么多的流言呢？这不是一件简单的事情。"

"至于如何扩散流言，那就是使用学校的告示板。"

"学校的告示板是手机软件里的那个？但现在没人用它哦。而且学校会行动的话，自然会惩罚散播了流言的人，不是吗？告示板虽然可以匿名，可是立马就能查到源头吧？"

栉田接连不断的问题向我砸了过来。

"这个风险当然在我的考虑范围内。"

"就是说……你做好了最坏会找到你身上来的精神准备？"

"嗯，就算找到我了，我也绝对不会把你供出去。"

虽然想好了对策，但现在这个阶段事无绝对。

而且，我从一开始就没想过在有可能找到我的情况下往告示板里写流言。

"我也有一点危险呢。"

"是啊，我知道太多别人的内部消息也不自然，也许会有学生觉得有人在暗中帮我。"

重要的是我现在还不能在栉田面前订立出完美的计划。

有必要让她知道这个计划存在缺陷。

"……嗯，我已经明白了你的用意，合作的事情我可以考虑一下。"

考虑，那就意味着她现在还没有办法给我一个确切答案。

"你是要看我能不能接受你提出来的条件吧？"

"没错。"

少了栉田，这次的作战难以进行下去。

也可以全部列上虚假信息，但那就不能在真正意义上给人造成影响。

只有其中夹杂着真实信息才会使周围人慌乱。

这份焦急会变成火星，向四周蔓延。

"所以，条件是什么？"

如果她提出的条件让人无法接受，那么交涉就会破裂。

"让堀北铃音退学。"

"不行。"

"也是哦。"

这是栉田最大的愿望。

她知道这是不可能实现的，应该只是过过嘴瘾。

"你退学也行。"

"这比让堀北退学还要不可能。"

"啊哈哈。"栉田笑道，"可是我没有其他想要的了。"

"那我可以提个意见吗？"

由我来说条件。

"好啊，是什么？"

"今后我入手的个人点数，给你一半。"

"这是什么意思？龙园好像做过类似的事情……"

栉田知道龙园和 A 班的契约内容。

"嗯，你可以把它们当成一回事，为了避免弄虚作假，需要的话我也可以让你看每个月的进账记录单。这样的话，在毕业之前你可以收到数十万、甚至数百万的个人点数，这些点数的价值可要远远大于那些信息。"

栉田陷入了短暂的沉默与思考。

"这确实是一笔不错的交易，但很遗憾，我不缺个人点数，虽然钱这个东西越多越好，可我已经足够了。"

栉田在船上考核时获得了大量的点数。

就算花掉了许多，现在手上还有不少富余。

但是，在交易中最容易理解、效率最高的，到头来还是钱。

"当零花钱用是够了，但碰到意外事件时该怎么办？茶柱老师也说过个人点数对自身安全的重要性。"

为了保障自己的安全，手里的点数越多越好。

"这个提议怎么想都对你自己不利，如果这是你自己遇上了退学危机我还能理解，但是为了救一之濑而牺牲掉自己这么多点数，这很奇怪。"

"我喜欢一之濑。"

"不必开这种玩笑。"

我以为会把栉田逗乐，但她没有反应。

"那我就告诉你事实，失去一半的个人点数确实心痛，但即使如此，我还是能保护好自己的安全。"

"什么意思？"

"你希望我退学，也不知道你什么时候就会对我下手，所以我要这么做来自卫。"

"让自己成为支付个人点数的那一方，这样的话你的存在对我就有好处，你是这个意思吧？"

"嗯，和你作对太麻烦了，如果能避免，我觉得一半的个人点数也不算什么。"

通过提供个人点数而缔结契约。

只要不抛弃对方，就能不断获得个人点数。

这绝不是一件坏事。

"……原来如此。"

思考了一阵后，栉田得出了结论。

"好，我同意，条件严格上来说就是让我不与你为敌，就这个？你不想让我就堀北同学的事情做些保证？"

"我没有那么贪心，要是拜托你一起保护堀北，导致这次的洽谈失败了，那就麻烦了。"

"这是相当优渥的条件呢。"

"你不相信口头约定的话，要不要写下来？"

"不必。"

栉田从口袋里拿出手机……不对，是录音机。

双重录音，不光是手机，还准备了第二手。

"我手上有证据，不管你采用什么方式背叛了我……你懂的吧？"

"嗯。"

若违反约定，她甚至可以报告给学校。

也能够以不报告为条件，狠狠敲诈我一笔。

"不愧是你，绫小路同学，你和堀北同学完全不同。"

互帮互助。

仅凭感情就让别人相信自己，纯粹空谈。

和肉眼看不见的感情不同，数字可以看到。

堀北的做法决不能说是完全错误的。

以感情为纽带的关系，有时要比依靠数字和契约联系起来的关系更坚韧。

但其难度也极高。

让栉田忍耐自己的恨意这一方法不对。

"你真的愿意给我一半？"

"少的话吸引不了你。"

持续支付个人点数，对我来说自然是个沉重的负担。

——不过，这个问题很快就能得到解决。

"也差不多谈拢了，能不能听我说说需要你做的事情呢？"

"嗯，说吧，你想知道什么？"

"做过的坏事也行，引以为耻的过去也可以，总之就是大家不愿意被公开的事情。"

"嗯……那我就告诉你一些。"

栉田饶有趣味地讲述了她掌握的秘密。

谁喜欢谁，或者谁讨厌谁之类的话。

接着又涉及了学生的家庭情况和教管记录等信息。

醉心于把这些讲出来的栉田。

都到了这个阶段，她还是没有明白我真正的目的。

救一之濑。

接下坂柳的挑衅。

将桥本的视线从我身上移开。

来自南云的威胁。

全部的全部都不过是一个过程而已。

我在这一连串的事情中想知道的只有一个。

栉田桔梗所掌握的情报数量与质量，弄清楚这些——为了让她退学。

说是让她退学，要是弄错了方法就麻烦了。

有必要提前搞清楚她所持有的核弹威力大小。

栉田庞大的情报网。

然后就是对情报信息的筛查。

从谁那里听来的流言，内容是什么，有多少人知道。

她对其他学生性格和特点的掌握程度令人咂舌，在这所学校中，至少是在一年级里，没有人比她掌握的信息还要多，这一点可以断言。

为了守护自己，为了让自己被认为是一个崇高的存在，她锻炼出了这卓越的能力。

"这样啊……"

"有用吗？"

她刚刚告诉我的自然不是她所掌握信息的全部。

"C班的话我想传播本堂和佐藤这两个人的信息。"

"挺好的，佐藤同学讨厌小野寺这件事有一部分人知道。"

传到小野寺耳朵里也只是时间问题吧。

"我虽然性格也不怎么好，但你最好记住女生里这种人特别多。"

说着，枥田拿出手机，打开聊天软件，里面朋友的数量不是我可以比拟的，群组排列也是密密麻麻的。

"比如说，这是我们一部分C班女生组成的群组A，这不是六个人嘛，实际上还有一个由相同成员组成的群组B，但里面少了一个叫宁宁的女孩。"

森宁宁，惠小组里的一个人。

"森也被讨厌了的意思？"

"没错，群组A为表，而群组B则为里，偶尔会说说宁宁的坏话，我自然不会说什么蠢话。表面上笑嘻嘻地友好相处，但背地里大家都会讨厌某个人，互相咒骂，这是常事。总而言之，这样表里不一的群组不止一两个，光我知道的就有数十个。"

心满意足地说完平时说不了的东西，栉田站起身。

"时间不早了，我先回去了，契约的事情，接下来就拜托了哦，绫小路同学。"

她在玄关处背对着我穿鞋。

"栉田。"

"嗯？"

"今天谢谢你。"

"不客气，晚安，接下来请多多关照。"

我本有机会问栉田接触南云的事情。

但我特意一句都没提。

南云和栉田有联系，这偶然的产物，岂有不用之理。

就这样，我依据栉田提供的信息开始为散布各班的"流言"做准备。

1

二月十四日情人节，我决定于这一天处理一下持续在午休和放学后跟踪我的桥本的事情。因为猜到了惠会给我情人节巧克力，所以正好可以利用这一机会。

给我巧克力的时间无非清晨或傍晚以后，不可能在学校给我，她刚和平田分手，不能在书包里放巧克力，说起来，她有要给巧克力的人就足以引发众议。所以，我在十三号的晚上就关了机。

她虽然不会随便来找我，但这么做，可以不用找借口说早上没时间。总之见面时的自然状态颇为重要。

桥本也到了因为没从跟踪中得到大的收获而焦急的时候。

所以我要给他一个能从我身上得到的信息。

那就是和惠的秘密会面，以及收到情人节巧克力。我将见面时间定在五点，是因为桥本的跟踪通常会持续到六点以后。果然不出所料，当天桥本照例跟在了我身后，通过大厅的监控监视我。

这是在他跟踪我的日子里第一次让他看到的神秘会面，桥本抓住了这个机会，直接大胆地上前与我们说话，不过就算他只是远远看着，不过来搭话，结果也是一样的。

和我频繁联系的人有可能是惠，得到这个答案的桥本心满意足。

第二天，桥本不再尾随我，转而准备期末考试。

后来我背着装有来自惠的巧克力的书包去了学校。

在图书馆与椎名日和接触，话题当然主要关于书。

但是，主题并非仅仅如此。

为明天要散播的无数"流言"做铺垫。

A班除了散播有关一之濑的流言，还可能计划做些什么。

我给她植入了这样的思想种子，几日后，这颗种子便会发芽开花。我特意选择了性格强势的石崎和伊吹作为流言的对象，制造出一触即发的态势，但这不过是道配菜，没有按理想方向展开也没关系，结果不会有多大的差别。

重要的还在后头，这个时候，该如何将流言写在告示板上。

我需要和掌握关键的人接触，而这个人就是桐山副会长。

以让南云下台为目的的二年B班学生。

我在图书馆和日和说完事情以后，独自去了已经空无一人的校舍与桐山见了面。

然后将拯救一之濑的计划全部告知他。

"原来如此，用我的手机写流言？但对我没有一点好处。"

"并非如此，这对桐山副会长也是一件好事，你通过参与到这件事里来，我和你之间会产生一种联系，之前一直在等待桐山副会长你的动作，结果到头来还是没有一点进展。"

那次互相了解之后，桐山没有下过任何指示。

"我当然不会随便做什么，我对你的能力还相当怀疑。"

"嗯，所以首先请你帮我这个忙，之后万一遇到麻烦，你也好来找我。而且，往告示板上写东西这件事，对桐山副会长并不是坏事。"

"……此话怎讲？"

"一之濑是学生会的重要成员，失去她，对学生会来说应该是一大损失。通过利用告示板来传播流言，将校方卷入这次事情里的话，对保住一之濑有好处。"

"可若这是我写下的，则会影响到学生会的信誉。"

"这有什么问题吗？"

"什么？"

"学生会的信誉下降，对南云学生会会长的危害最大，既然你希望他下台，对这一情况表示欢迎才对。"

"真是愚蠢，在告示板里写下流言的人是我这件事被发现的话才是大问题。不光要接受来自校方的惩罚，还有可能……被南云夺去副会长之位。"

"你不能把这件事情顺利搪塞过去吗？你是在和南云学生会会长做斗争吧？还是说你已经无法反抗他了？"

"你个一年级的知道什么？"

桐山含怒的眼神似乎要将我射穿。

"你把椛田和南云学生会会长接触的事情，报告给了原学生会会长呢。"

"你怎么会知……看来堀北学长是真的相信你了。"

"她拥有全年级首屈一指的信息量，也就是说这次通过告示板散布流言的事情，信息有可能是她提供给南云的，所以这个战略才可行，你可以编这么一个瞎话糊

弄过去。"

栉田向南云泄露了消息，南云为了救一之濑而指示桐山写下流言。

这样一条谁也想象不到的路模模糊糊地浮现出来。

"……你是在想到了这一步以后才来找我的？"

桐山陷入了思考，想象在告示板上写下流言后，未来可能发生的事情。

但是这个状况持续下去的话，他恐怕不会同意。

"若你不同意，那我就会认为你已经屈服于南云，或者已经被南云纳入麾下，并将此事报告给原学生会会长。"

这句话也可以被理解为威胁，但这是让桐山行动的关键。

"你能做这件事吗？"

"……什么时候写？"

"现在，立刻。"

不当着我的面的话，写下流言的有可能就不是桐山的手机。

那样虽然也无伤大雅，但我想尽量规避风险，以免影响到之后的计划。

更重要的是，也必须考虑到桐山将这件事情泄露给第三个人的可能性。

"好，我就帮你这个忙。"

"感谢。"

我用手机展示要写在各班告示板上的文字，由桐山输入。

经过十分钟左右的操作，这项工程全部结束。

应该不会有学生立刻注意到告示板上内容的更新，一切将在明天蔓延开来。

2

这下所有的准备工作皆已完工。

只剩下最后一步……摧毁一之濑帆波的心。

因为她很快就会被坂柳摧毁。

坂柳的计策进展顺利，一之濑的身体应该已经恢复了，但她还是没有来上学。

二月十八日，桥本和石崎等人起争执的那天。

在身体出现不适后的第五天，一之濑依旧请假没来上课。

她十有八九已经痊愈了，但心里的伤还没有得到治愈。

我决定去见一之濑。

但时间如果选在放学后或者休息日，很有可能被别人看到。

所以我打算在宿舍楼没人的工作日中午去找她。

不提前进行联系。

不能给她逃脱的机会。

我走到一之濑的房门前，按下门铃。

"一之濑，我有话要和你说，能出来一下吗？"

过了一会儿，屋里有了反应。

"对不起，绫小路同学，能下次再约吗？抱歉让你白跑一趟。"

声音虽然没有恢复往日的活力，但感冒应该好了。

"那张纸上的内容对你伤害很大吗？"

一之濑没有对这个问题做出任何回答。

我背靠着房门坐下。

"周一来学校吗？"

"……抱歉，还不知道。"

和核心问题无关的事情，她好歹还会回答我一下。

"现在离午休结束还有一段时间，就让我在这儿待一会儿吧。"

一直到午休结束，我只是静静地坐在那里。

"我回学校了。"

"我只是还需要一点时间，等我整理好了心情，一定会去学校的，所以，你能不能不要再来了……"

听完一之濑挤出来的这几句话，我回到了学校。

3

周末很快过去，到了二十一号，这周五就是期末考试。

尽管已经是周一，一之濑还是没有出现在学校里。

在此期间，神崎、柴田，还有和一之濑关系好的女生，从未间断过给她打电话、发信息、发邮件。

但他们没有在放学后来找一之濑的原因，无非和我一样，收到了一之濑"不要再来"的忠告。

午休时间，我从学校脱身，来到一之濑的门前。

轻轻敲门过后，不等里面的回复便开口问道：

"今天也休息？"

虽然她已经让我不要再来，但被我无视了。

一之濑没有回答。

我没有再多说什么，只是像上周五那样，一直在一之濑的房门前坐到上课。

4

周二也是一样，已经不需要再多加说明了。

我在确认一之濑今天也没有来学校后，又来到了她的房间门口。

我不听劝告，一而再，再而三地来找她。如果她是同班同学，我可不能被她讨厌，不过作为其他班学生的我，就算被一之濑讨厌了，被断绝了关系也没有什么损失，这就是我能如此积极来这里最大的原因。

离期末考试没剩多少时间了。

再这么下去，一之濑有可能缺席期末考试。

不对，就算那天她来了，B 班的学生也会承受着巨大的精神疲惫，可能会出现意想不到的错误而达不到预期成绩。

即使不出现退学者，对 B 班班级点数的影响也是巨大的。

有必要让一之濑在周四来学校，以稳定 B 班军心。

这么一来，明天周三是最后的期限。

5

最后期限的周三很快就到来了。

我一只手拿着从便利店买的罐装咖啡，呼出白气。

今天依旧没有催促她。

因为，一之濑不可能不知道今天是最后一天。

她一定会有所行动。

我确信这一点。

"二月就快要结束了，等通过了下个月的特别考核就正式升上二年级了，等过去了就不会觉得那么痛苦，世事可能就是这样。"

一直以来，我们经历了无人岛考核、船上考核、Paper Shuffle 搭档随机试题考核等与众不同的考验。

"等到了二年级，会不会出现更加变态的考核呢？"

"……我可以问一个奇怪的问题吗？"

一之濑久违的声音传了过来，就像在自言自语。

"嗯，隔着门也没关系的话，你随便问。"

我爽快地答应，但一之濑并没有立刻开口。

难道是因为好几天都没有说话了？

"为什么你什么都不和我说，也不问我呢？"

"什么意思？"

"同班同学还有其他班的朋友，大家都劝我回学校，让我向她们倾诉烦恼，可是，你什么都不说，还每天都来这里……为什么？"

她应该不希望我对她表现出和其他同学一样的关心。

是不理解我为什么要每天溜出学校，把午休时间浪费在这里。

"因为有比我更担心你的人在持续地劝说你，像我这种搞不好人际关系的人，再怎么劝，也说不到你的心里去。"

屋里传来了轻微的脚步声。

我感觉她在门后坐了下来。

"我每天都来这里，可能就是在等你把一切都说出来吧。"

"等我……说出来？"

我终于要踏入一之濑的内心领域。

"我知道你过去犯下的是什么罪。"

"……"

"不过我也不知道具体背景，自从这件事被坂柳重新提出来，你休息到了今天，我想我已经明白这件事对你来说是怎样的重担。可是，这种事即使由我来说也不会起到什么作用。"

"你怎么会……知道？"

"现在这不重要，我也不打算深究。"

如果一之濑不想说，那这件事就到此为止了。

"你多半是不擅长向别人倾诉烦恼吧，能拯救他人却救不了自己，所以我今天来了这里。"

我想传递给一之濑的心意，应该也正一点一点地到达她那里。

短暂的沉默。

在想倾诉情感时没有能倾诉的对象，这是一件很痛苦的事情。

我在 White Room（白房子）里见过无数这样的孩子。

最终自己被自己打败而从此沉沦，再也不能重整旗鼓。

"我现在就是一扇门，看不见摸不着，只是一扇门，向这样一扇门展现出自己弱小的一面不会有人说三道四。"

唔，我将咖啡罐放在地上。

"一之濑你打算怎么做？现在的时间对你而言十分关键。"

一之濑的伙伴都谨慎且懂事，必定是不断地向可靠的领导人施以温柔的话语。

但这行不通，这么做也许可以给一之濑提供支撑，但并不能让她做出正确判断，要想做到这一点，必须给她施加足以强行让她屈服的压力。

"不值得被同情的我也……可以？"

"谁都有否认的权利。"

"我这个曾经的犯罪嫌疑人……会得到原谅？"

"所有人都有被宽恕的权利。"

我已经敲击了她的心。

接下来就看一之濑能否会对此做出回应，仅此而已。

一之濑坐在门的另一侧，慢慢开口：

"我……以前偷过东西，那是在初三的时候，因为过于痛苦我休了半年学，没和任何人提过这件事，只是一个劲地自责，就像现在这样，窝在狭窄的房间里……"

这是她拼命用手捂住的内心伤口，现在一之濑将那只手拿开，开始讲述自己的过去。

自己做过的事情，以及躲起来的自己那弱小的一面。

她那时没有时间撒谎，只能将过去发生的事情如实地告诉给南云，但只告诉过南云一个人。坂柳来找她商量同学的事情，告诉她班里有学生偷过东西，这不是偶然，她感觉是南云将自己的过去告诉给了坂柳。一之濑将这些全部讲了出来。

过去的她只会展现自己的坚毅，却将自己弱小的一面完全隐藏。

她应该知道承认自己的罪过是一件困难且可怕的事情。

身心还未成熟的年轻人大多数都偷过东西，不对，是犯下过某种"罪"。但让他们在众人面前承认时，恐怕只会异口同声地说"我是不会做这种坏事的"，这也是自然。承认自己的罪过，在公共场合将其说出来，其中的难度和恐怖不言而喻。众人以正义为名批判罪人，从而得知罪人那悲惨的末路，所以他们选择隐藏，始终心怀负罪感但绝口不提，然后披着好人的皮囊继续生活。

一之濑在自责中度过了半年。

然后，终于摆脱了束缚……不，应该说从束缚中逃了出来。

可是不论到哪里负罪感都会跟过来，一直到死亡。

事实上，现在它也正这样堵在一之濑的面前，给她的心灵以沉重打击。

所以只能在某处与它正面对抗。

午休已经结束了也没有关系。

就算下午的课开始了，我也会这样专心听她述说。

不安慰，也不苛责。

一之濑在门后哭泣，极力压低自己的声音。

我没有说什么安慰的话。

那些东西对现在的一之濑而言没有任何意义。

需要打败的对手，从一开始就注定了。

那就是自己，就看自己能否给这一切画上一个休止符。

能在真正意义上直面负罪感的人，少之又少。

但在成功的那一刻……人可以获得成长。

这就是……在向同学们坦白之前，一之濑与我的全部对话。

回归

终于到了期末考试当天。

大家根据非正式考试的内容制定了各种各样的对策，迎接今天的到来。

据堀北所说，须藤、池，还有山内他们也做好了万全的准备，在这一周里将考试内容牢牢装进了脑子。

三宅、波瑠加、爱里和惠，我周围人的学习能力也得到了充分的提高。

其他的学生全部由平田进行帮扶，并没有听说有人存在问题，因此，接下来只需要注意好身体，调整好心态，班里的同学就能够顺利通过考试。这时，我背后传来了小跑过来的脚步声，并在我身边停下。

"早上好，绫小路同学！"

带着满面笑容追上我的是一之濑。

"早上好，一之濑。"

"今天就是期末考试呢，好好复习了没？"

"差不多，你……肯定就不用说了。"

B班内部的合作与考试对策的制定必然强于我们班，一直休息到了昨天的一之濑，在学习方面也不会有任何问题。

"昨天的一之濑很帅气，连作为男生的我都被迷住了。"

"是……是吗？就像坂柳同学所说的，我不过是个厚颜无耻的人。"

一之濑本身并没有被判定犯了罪，因为母亲正确的应对，她没有被追究责任。

她不过是背负了没有必要的罪责。

"这都要归功于绫小路同学，是你让我重新站了起来。"

"因为我做不到像 B 班学生那样在你身边担心你、安慰你，我只不过充当了一个倾听者，你没有必要谢我。"

"不……如果没有你，我一定又会和去年一样一蹶不振，自我毁灭，那这回就彻底输给坂柳同学了。"

坂柳当时完全控制住了一之濑，将她逼到了自我毁灭的悬崖峭壁前。

如果我没有介入，谁也不知道会发生什么。

但有件事不能让她弄错。

"你也不用太感谢我，我只不过给你搭了座桥，能否走过去最终还是要看你自己。"

"……嗯，是的，我做过的事情不会消失，可能不管再过多久，我都不会觉得'自己的负罪感已经消失'，但是……从现在开始我能够直面它，与它共存，我确信这一点。"

已经没关系了吧，不管被谁责备，一之濑恐怕都能够直接面对，而不会选择沉默。

她得到了巨大的成长。

对于其他学生来说，她成了一个比过去的一之濑更加强大的竞争对手。

但是，人生中没有绝对。

"若你以后快要迷失自我的时候，可以再来找我。"

"欸？"

"那个时候，嗯……我应该也能听你说说话。"

一之濑突然停住了脚步。

"我可以拜托你吗？"

"如果你愿意的话。"

"真的？"

"……嗯，真的。"

她再度向我确认，我有些疑惑地点了点头。于是我收到了一句小声的感谢。

"……谢……谢……"

总是干脆利落的一之濑不常见的反应。

可能自己也觉得奇怪，她左右摆头，调整状态。

"可……可是……你会不会有一天后悔？"

一之濑想要窥探我的真心。

"嗯，也是，如果因此我们班停留在了 B 班，而一之濑你们以 A 班身份毕业的话，我们班同学怕是要责怪我。"

"是……是啊。"

一之濑露出苦笑，挠了挠脸颊。

"到了那个时候，你至少要向堀北保密。"

"……哈哈，嗯，那我就为了你向她保密。"

走在身旁的一之濑背挺得直直的。

不过因为一个契机，便像重生了一般焕发生机。

接下来就只需要通过期末考试了。

一之濑静静地看向我这边。

"怎么了？"

"欸，欸？"

"你从刚才开始就一直在看我吧，有什么要说的，我洗耳恭听哦。"

"那个，其实我……啊！抱歉绫小路同学，能不能等我一下。"

一之濑正要说什么的时候，突然被走在前面的学生夺走了视线。

看他的背影，以及周围献媚的人群，此人的身份一目了然。

"抱歉，我马上回来！"

一之濑追上前面的学生。

"早上好，南云学长。"

"是帆波啊，早上起来就很有精神呢。"

"这就是一直以来的我。"

面对一之濑不变的笑容，南云也许会心生惊讶。

"你不恨我吗，帆波？"

"恨?"

一之濑觉得有些不可思议。

但又立刻领悟到了南云的意思。

"怎么会恨，我对南云会长只有感谢，谢谢您将我纳入学生会，我接下来也会努力的，请多多关照。"

"这样啊，看来你的表现会超过我的预期。"

南云瞟了我一眼，但又很快背过身向前走了。

那道视线中的意义不难理解。

毁掉一之濑，再让她重生，成为顺服于自己的棋子。

而对妨碍他完成这一系列动作的我，厌恶，就是这样的眼神。

他从某处得知了我对此事的参与。

对南云俯首鞠完躬的一之濑再次回到了停下脚步的我身边。

"那个!"

她一回来便用相当大的声音开口说了一句。

然后张大嘴巴想要继续向下说。

"我……"

她把手放进书包，动作变僵硬。

"怎么了?"

"就是那个什么，咦……好奇怪啊，我以为自己能更直接地拿出来……"

　　她的手在书包里摸索了一会儿，但是动作有些迟疑，然后像下定了决心一般掏出了一个东西，接着把它递给了我。

　　"抱歉，现在给有点晚了，这个巧克力……你……你能收下吗？我还没有给别人送过巧克力……我也只能用这个来向你道谢……"

　　"你不用勉强自己给我礼物。"

　　十四号已经过去许久了，但从女生那里收到巧克力并没有让我觉得不妥。

　　可我不是为了收到巧克力才行动的，所以她没有必要勉强。

　　"我没……没……我没有勉强自己！你不……不要这个？"

　　"要……谢谢。"

　　长时间让巧克力露在外面容易引起别人注意。

　　我收下了来自一之濑的礼物。

后记

最近突然问自己东京的优点是什么，我觉得答案之一是有许多网红店，而且人在东京还能直接去店里。如果刚刚火起来没多久，店里人气太高，人满为患的事情也时有发生。但是最大的缺点就是物价太高……

大家好久不见。

我是那个觉得刚发售了第八本，又迎来了第九本发售日的衣笠。

可能有些突然，我最近很担心自己的身体健康。

因为工作原因，每天将近三分之二的时间都需要坐着，导致血液循环不顺畅，还有背痛。年轻时总觉得身体会自己调节好，但现在已经到了不能再这么糊弄自己身体的时候了。

虽然会定期去保养，但若不解决根本性问题，情况是不会好转的。

话题回到书上，这次第九本讲的是情人节以及到期末考试为止的故事。

主人公身边的女生慢慢多了起来，我就像在想别人家的事情一样，觉得他很有可能在二年级的某个时候，和女生的关系得到进一步发展。

这次以一直以来都没有被主要关注过的一之濑为中心。

没有特别考核，故事展开较为平稳（应该），但是形势依旧严峻。

终于，以下一本，也就是第十本的特别考核作为收尾，一年级系列就要结束了。

已经连载了将近四年，还是一年级啊……有时候会这么想，接下来故事的发展速度也许会……加快（现在还不确定）。

刚开始写这本书的时候责编对我说过的话，现在还记在脑子里。

"这是一部时间一定会向前推移的作品，真好。"

不管有多长，总会迎来结尾。

虽然当初笑嘻嘻的，没放在心上，但现在我发自内心地认同这句话。

希望下一本可以将迄今为止的班级点数，以及主要成员的个人点数变化展示给大家。

那么大家，第十本再见吧！